U0139691

SKYLINE
天 际 线

望远 知新

大卫·爱登堡
自然行记 ❸

Adventures of
a Young Naturalist

蝴蝶风暴

Zoo Quest in Paraguay

[英国]大卫·爱登堡 著

李想 译 张劲硕 审校

译林出版社

图书在版编目（CIP）数据

大卫·爱登堡自然行记 . 3，蝴蝶风暴／（英）大卫·爱登堡（David Attenborough）著；李想译 . —南京：译林出版社，2023.9
（"天际线"丛书）

书名原文：Adventures of a Young Naturalist:
Zoo Quest in Paraguay

ISBN 978-7-5447-9739-9

Ⅰ.①大…　Ⅱ.①大…②李…　Ⅲ.①游记 – 作品集 –
英国 – 现代　Ⅳ.①I561.65

中国国家版本馆 CIP 数据核字（2023）第 084474 号

著作权合同登记号　图字：10-2023-044 号

大卫·爱登堡自然行记3：蝴蝶风暴
[英国] 大卫·爱登堡／著　李 想／译　张劲硕／审校

责任编辑　　杨雅婷
装帧设计　　侯海屏
校　　对　　梅 娟
责任印制　　董 虎

原文出版　　Two Roads, 2017
出版发行　　译林出版社
地　　址　　南京市湖南路 1 号 A 楼
邮　　箱　　yilin@yilin.com
网　　址　　www.yilin.com
市场热线　　025-86633278
排　　版　　南京展望文化发展有限公司
印　　刷　　苏州市越洋印刷有限公司
开　　本　　850毫米 ×1092毫米　1/32
印　　张　　6.25
插　　页　　4
版　　次　　2023 年 9 月第 1 版
印　　次　　2023 年 9 月第 1 次印刷
书　　号　　ISBN 978-7-5447-9739-9
定　　价　　68.00 元

大卫·爱登堡

David Attenborough

目　录

第 一 章　　前往巴拉圭　.......1

第 二 章　　夭折的豪华游轮之旅　.......9

第 三 章　　蝴蝶和鸟　.......29

第 四 章　　牧场上的鸟巢　.......63

第 五 章　　浴室里的猛兽　.......83

第 六 章　　追踪大犰狳　.......101

第 八 章　　查科的大牧场　.......119

第 九 章　　查科之旅　.......139

第 十 章　　第二次搜寻　.......159

第十一章　　动物大转移　.......175

第一章

前往巴拉圭

1958 年，我们决定前往巴拉圭寻找犰狳。跑这么远去寻找一种没有明显的吸引力的生物，的确需要一些有说服力的理由。动物吸引我们的原因有很多，比如鸟儿精致的外貌，大型猫科动物的优雅和爆发力，巨蛇夸张而恐怖的外表，狗的阿谀奉承，以及猴子调皮的个性和接近人类的智慧——这些特点为它们赢得众多的崇拜者。但是，犰狳似乎什么都没有。它们颜色单调，除了招人喜欢的眼睛以外，并不是特别漂亮。据我所知，它们不能受训表演节目（老实说，我怀疑它们相当迟钝），也不可能成为可爱的宠物。然而，对我来说它们有一种特质，一种动物所拥有的最迷人的特质——奇异、古老，而且充满异国情调，简单的"奇怪"一词已然无法全面地概括它们的特点。

这种特质很难说清楚，只可意会，不可言传。狮子就不具备这样的特质，毕竟它只是大家熟悉的家猫的放大版。北极熊在我们看来也没有那么奇特或古怪，它其实和狗很像，只不过体型更为魁梧，穿着白色外套，让它在北极的雪地里不那么显眼罢了。就连长颈鹿这样奇特的生物，也在我们所熟悉的模板之内，因为它们跟黇鹿沾亲带故。

但是在欧洲，没有任何动物能和袋鼠、大食蚁兽、树懒、犰狳等非常规的动物相提并论。无论是从外貌形状还是从内部构造来说，它们都与生活在我们这片大陆上的生物截然不同；它们是古老的孑遗物种，是过去地质变化的幸存者。它们生活在这个星球时，现在的很多物种还没有出现。它们的确非常"奇怪"。

它们幸存下来的原因，本身就足够让人着迷。

袋鼠的祖先曾经广泛分布在地球上的很多地方。在那个时代，它们在育儿袋中培育小胚胎的新能力使它们成为当时最高级的生物。然而，随着更高等的动物进化出来——有胎盘的哺乳动物在体内子宫孕育幼崽——有袋类动物变得过时了，无法赢得更多的生存空间和食物。结果可想而知，它们中的绝大多数从这个星球上消失了。一些负鼠类的有袋动物在南美洲幸存下来，不过今天我们能看到的大多数有袋类动物都在澳大利亚，在新的更高级的哺乳动物进化之前，一片汪洋已经将这片大陆和世界其他地方隔开。因此，古老的有袋类动物免于承受生存竞争的压力，以许多不同的形式幸存至今。实际上，澳大利亚是一座活的古生物博物馆。

南美洲得益于其复杂的地质发展史，至今仍保留着负鼠及其他一些古老的动物。数千万年以前，它通过一座宽阔的陆桥与北美洲相连，但在第一批胎盘类哺乳动物出现后不久，它便与世界上的其他陆地相分离。这时，贫齿类动物——其中包括树懒、犰狳和食蚁兽——福运昌隆。在南美洲与世隔绝的时期，它们进化出许多非凡的生物。巨大的树懒几乎和大象一样大，在森林里横行无阻。犰狳的近亲雕齿兽拥有巨大的骨壳，有一些雕齿兽体长甚至超过 12 英尺*，大尾巴末端长着中世纪的战斧一般的巨大尖刺，在大草原上爬行。

大约在一千六百万年前，当南美洲与北美大陆再次连接后，这些奇特野兽中的一些开始向北迁徙。迁徙途中，它们有的葬身于北美的冰川沉积物中，有的掉进加利福尼亚的沥青湖里，还有一些在如今的内达华州境内的湖岸边留下脚印——19 世纪末，工人们为建造卡森城开采砂岩时，无意中发现了这些脚印。

犰狳是雕齿兽唯一幸存的近亲。仔细观察，不难发现它们与史前那些奇怪、原始的野兽有着千丝万缕的联系，对我来说，正是这一点让它们变得如此迷人。它们生活在洞穴里，以树根、小昆虫和腐肉为生，会小跑着穿过森林和大草原。它们之所以能存续至今，很可能是因为它们有一副坚硬的外壳。事实上，它们是一大类非常成功的生物，有着许多不同的种类，大小不等：最小的小犰狳体型还没有老鼠大，生活在阿根廷的沙地里；最大的大犰狳能长到四五英尺长，在亚马孙河流域炎热潮湿的森林中漫游。

---

* 1 英尺等于 30.48 厘米。——编注

我与查尔斯·拉古斯在圭亚那拍摄和捕捉树懒及食蚁兽时，从未见过野生犰狳。我们希望能在巴拉圭见到它。除此之外，我们还计划寻找其他鸟类、哺乳动物和爬行动物，但当巴拉圭人问我们为什么来到他们的国家时，我只是简单地回答："我们是来找 *tatu* 的。"

　　我坚信 *tatu* 是犰狳的意思。这不是西班牙语，而是瓜拉尼语，瓜拉尼语是巴拉圭的官方语言。

　　我的回答总会引来哄堂大笑。最初，我曾以为，或许出于某种原因，对所有巴拉圭人来说，一个寻找犰狳的人一定是超级滑稽的人物，但是后来我开始怀疑事情不是那么简单。当我的回答让巴拉圭国家银行的一位高级官员陷入近乎歇斯底里的狂笑时，我感到是时候解开这个谜团了。我还没来得及再开口，他就问了我一个问题。

　　"哪一种 *tatu*？"

　　我知道这句话肯定有言下之意。

　　"黑色 *tatu*，密毛 *tatu*，橙色 *tatu*，大 *tatu*，巴拉圭能发现的所有不同类型的 *tatu*。"

　　他觉得这个回答比我的第一个回答更加有趣。他差点笑抽过去。我耐心地等他平复。在此之前，他给我的印象是彬彬有礼且乐于助人；他能说一口流利的英语，这对于我们来说非常重要。他的笑声逐渐平息。

"也许你是说某种动物？"

我点点头。

"你知道吗？"他解释道，"tatu 在瓜拉尼语里是一个不太礼貌的词，意思是……嗯……"他犹豫了一下。"一类年轻的女士。"

我不明白他们为什么给犰狳这种可爱的动物起了这样一个不相关的名字，后来我终于明白了。接下来的几个月，我们被问了无数次同样的问题，如今我能以开玩笑的形式回答他们，并且把它作为一句妙语，来化解我们与牧场主、海关官员、农民和美洲印第安人之间的繁文缛礼。

当然，这一招也不是百试百灵，有几次这个冷笑话就没有引起大家的注意，因为他们认为我们在巴拉圭偏远地区寻找年轻女士是正常的，当我们坚持说真的在寻找四条腿的 tatu 时，他们完全不相信。有时，在我们讲了 tatu 的笑话之后，有些人会接着问我们为什么对犰狳如此感兴趣。这个问题我从来没有说明白。我的瓜拉尼语词典里没有"雕齿兽"这个词。我转念一想，幸好没有，要不然，万一它存在另一个更为通俗的含义，那我该怎么办？

第二章
夭折的豪华游轮之旅

在以前的探险活动中，我和查尔斯总是身心俱疲，一路上不是食不果腹，就是腰酸背痛。为了转移注意力，我们往往会设计理想中的探险计划——在这个计划中，我们既能享受慵懒而奢侈的生活，又能找到世上最美丽、最令人期待的动物。

在新几内亚，为了寻找一些行踪飘忽不定的天堂鸟，我们徒步上百英里，被折腾得筋疲力尽。查尔斯在旅程即将结束时坚定地说，他理想中的探险活动首先要有机械化的运输设备。我们在前往科莫多的航程中，除了咸鱼和大米，没有其他任何食物，那时我明确提出，我优先考虑的是一个储物柜，里面有种类繁多且无限供应的罐头。在婆罗洲一个条件特别差的营地里，当我们奋力保护胶片和摄像机免受暴雨浸泡时，我们一致认为高标准的防水宿营设备也至关重要。在一些没那么危急，但也同样让人恼火的时刻，我们就会幻想更多的细节来平复自己的情绪：我想要有取之不尽的巧克力，查尔斯则想睡在一个能完全抵御甲虫、蟑螂、蚂蚁、蜈蚣、野蜂、蚊子和其他所有昆虫叮咬的地方。这个幻想中的探险模式在我俩的头脑中变得栩栩如生，但我们都没想到它会成为现实。在我们抵达巴拉圭还不到一周的时候，一家位于亚松森的英国肉制品公司自发地给我们提供赞助，似乎可以让这次探险活动按照我们的标准来开展。

承载我们梦想的是"卡塞尔号"。它是一艘长约 30 英尺、靠柴油发动的宽敞的游艇，吃水很浅，可以轻松地载着我们及设备和食物进入蜿蜒曲折的内陆河道，而不会遇到任何困难。我们欣然接受租借费用，并十分感激公司的大力支持。

当游艇离开亚松森码头，沿着宽阔的、棕色的巴拉圭河向上游进发时，我们把摄像机和录音设备都安置在客舱宽敞而干燥的柜子里。厨房里堆满各种各样的汤包、调味汁、巧克力、果酱、肉罐头和水果，我们还替窗子挂上双层的蚊帐。我在床铺上方安排了一个小型阅读空间。查尔斯把收音机调到亚松森的一个电台，客舱里萦绕着吉他演奏的乐曲。

让我满意的不只是豪华的住宿条件。我走到船尾，充满爱意地看了一眼"卡塞尔号"拖着的小船。它安装了一台 35 马力的舷外发动机，所以我们恭敬地称它为快艇。我们希望可以借助它来深入较小的支流寻找动物，"卡塞尔号"则是我们吃饭睡觉的大本营。

无所事事的时候，我就会爬上床铺放松一下。现在，我们享受着前所未有的舒适，朝着广袤的热带森林南部边缘进发；这片森林起源于圭亚那东北部，横跨巴西，延伸至亚马孙平原，一直到奥里诺科河——它是世界上最大的原始丛林。这一切看上去都太棒了，简直让人不敢相信这是事实。

没错。接下来的十天，我们将经历一场比以往任何一次都要痛苦和难受的探险。

———

这一次我们在船上有三位同伴。导游兼翻译是一个长着棕色头发、身材魁梧的巴拉圭人，他能说流利的西班牙语、瓜拉尼语，以及一两种印第安语。此外，让我们大为震惊的是，他长这么大从未踏出过南美洲，但是他说的英语却带着浓重的澳大利亚腔调。他叫桑迪·伍德。

巴拉圭到处都是外国人。或因为土地匮乏，或为了逃避宗教压迫、政治迫害、法律制裁，很多外国人，诸如波兰人、瑞典人、德国人、保加利亚人和日本人，都拥入了这个面积不大的共和国。19 世纪末，桑迪的父母和另外大约二百五十名澳大利亚人一起来到这里。当时，澳大利亚正经受着一场灾难性的大罢工，一个名叫威廉·莱恩的记者长期宣扬一种理想的社会模式，后来他把那些持相同观点的农民、木匠和其他工人聚集起来带到巴拉圭，建立他理想中的完美社会。巴拉圭政府给予这些移民很多肥沃的耕地，新澳大利亚社区诞生了。在那里，所有的财产归全民所享；加入这个组织的人必须把全部金钱和财产上缴给"社区财政部"；每个人都必须工作，这不是为了个人的工资，而是为了大家共同的利益。

这种高尚的政治理想掺杂了一些严格的清教教义,社区的居民不得与当地人交流,不能饮烈酒,也没有音乐和舞蹈等娱乐活动。

不到一年,按照这些严格的标准生活而产生的压力,开始影响社区的正常运行。美丽的巴拉圭姑娘、甘甜的 *caña*(当地的一种发酵的甘蔗汁),以及周边村民悠扬的吉他声,不断地诱惑着移民。对于这个新社区的经济而言,更严重的是一些精力不济的人开始把辛苦活留给其他人,自己则无所事事,用桑迪的话来说,他们开始用呼噜声自我慰藉。

澳大利亚公社就此宣告失败。莱恩并不罢休,他带着少数始终忠于他们原则的人和一些来自澳大利亚的新移民,又建了一个新社区——科斯梅公社。然而,这次尝试也没有逃脱失败的命运。它的成员开始叛变。一场争夺移民土地的巴拉圭革命爆发了,移民的建筑被革命党人和复仇的政府军轮番洗劫,社区居民四散奔逃。许多人去了布宜诺斯艾利斯的铁路站工作。一些人远赴非洲,设法从事畜牧业。还有一部分人留在巴拉圭,以伐木、耕作和做木匠为生。桑迪的父母都是其中一员,而他本人也算是一个土生土长的巴拉圭人。他尝试过各种各样的工作。他在我们计划游览的河流上游伐过木,在一座大牧场放过牛,还当过猎人,现如今他在亚松森的一家旅行社干着一份时断时续、职责不清的工作。他的语言能力、他对森林的了解及温和的脾气，让他成为我们理想的向导。

　　船上的另外两个人是正式的船员。他俩究竟谁才是真正的船长，我们至今仍有疑问。冈萨雷斯，也就是两人中更高、更瘦、更快乐的那个，戴着一顶航海帽。它的四周原本应该装饰着华丽的金色穗带，但如今它看上去破旧不堪，穗带凌乱地垂在帽檐上。他自信地告诉我们，这顶帽子是船长的标志，他不仅拥有船长这个岗位所要求的一切技能，还具备维护发动机的特殊本领。然而他宣称，由于不能同时处理好这两项工作，他愿意称同伴为"船长"*，尽管他一再强调，这不过就是一个虚职罢了。

　　船长身材矮小，大腹便便。他常常戴着一顶帽檐朝下的巨大的铃铛形草帽，外加一副黑色墨镜，即使到了晚上他也不会将墨镜摘下，我们经常猜测他是不是睡觉时也要戴着它。他的嘴角好像被固定在一个开口朝下的半圆弧上，总是一副苦大仇深的样子。另外，他的脸颊上有一些淡淡的乌青色斑块，应该是皮肤病引起的。他总会在休息的时候往面部的斑块上涂一种特殊的药膏，而且看上去他有很多这样的空闲时光。对于任何评论、问题和意见，他一贯的回应是沮丧地咬

---

* 原文为"capitan"，或因为戏谑，或因为口音。——译注

着牙，不停地吸气。

为了抵达森林中我们将要搜寻的偏远地区，我们不得不先沿着巴拉圭河向北行驶大约75英里[*]，然后向东拐入它的一条主要支流——赫惠瓜苏河。我们希望沿着它一直航行，直到抵达它那偏僻的源头地区，除了美洲印第安人和几个伐木工人，没有人住在那里。这次旅行至少需要一个星期。

头几天的大多数时间里，我们都躺在甲板上，看着"卡塞尔号"的船首像刀片一样划开棕色的河面，切断由凤眼蓝连缀而成的"皮筏"，它们优雅的匙形叶子在根部膨胀成可漂浮的气囊，上面覆盖着一簇簇精致的淡紫色花朵。尽管"卡塞尔号"可以切开较大的凤眼蓝，但是悬浮在水里且相互缠绕的根系会搅入螺旋桨，所以我们也会尽量避开它们。这些"小岛"也有自己的乘客——苍鹭、白鹭，还有最漂亮的栗色水雉，它们挑剔地踏在凤眼蓝的叶片之间，抬起长着长脚趾的腿，寻找那些误入歧途的小鱼。当我们靠近时，它们会被发动机的轰鸣声惊吓到，纷纷起飞，露出翅膀下黄色的羽毛，悬垂着双腿在半空中盘旋，等我们驶过后，又降落到船后方不停摇晃的凤眼蓝"皮筏"上。

桑迪坐在船尾，小口地品着马黛茶，这是一种巴拉圭的

---

[*] 1英里约等于1.6千米。——编注

特色茶。冈萨雷斯蹲坐在发动机旁，热情地弹着吉他，引吭高歌，不过从来没有人能听清他的声音，因为发动机完全盖过了他的嗓门。船长坐在驾驶室的高脚凳上，一手掌着舵，一手往脸上抹着药膏。这里的天气异常炎热。为了躲避酷暑，我和查尔斯进入船舱，躺在各自的铺位上；不过那里似乎更热，没有一丝微风可以蒸发我们身上的汗水，很快我们便汗流浃背。

突然，发动机熄火了，令人不习惯的寂静中充斥着冈萨

在杰伊河上撑木筏

雷斯和船长激烈而尖锐的争吵声。我们立马爬上甲板，在身后平静的河面上看到两个坐垫和一个座椅。原本还在船后的快艇消失不见了。桑迪冷静地解释道，刚才船长来了一个急转弯，本想避开河面上的一大团凤眼蓝，谁知道船尾的快艇不幸倾覆。冈萨雷斯斜倚在船尾，徒劳地拖拽着绳索。虽然快艇仍系在带缆桩上，但是它几乎垂直地陷在河底的淤泥中，光拽绳子根本无济于事。船长怒容满面地坐在驾驶室里，咬着牙大声地倒吸着空气。

接下来的争论透露出一个事实，那就是船长和冈萨雷斯都不会游泳。在他俩继续互相指责的时候，我和查尔斯脱下衣服跳到水里。幸运的是，这里的水并不深，这完全出乎我们的意料；即便如此，我们还是花费了将近两个小时，才把快艇拖到浅水处并将它扶正，然后将它的发动机、三个油箱及工具箱整修一番。当我们结束的时候，座椅和坐垫已经踏上返回亚松森的征程，我们在下游 1 英里的范围内都没有找到它们的身影。这并不是一场真正的灾难，但它让我们怀疑船长的驾驶技术并非无懈可击。

接下来的三天一切顺利。我们驶离巴拉圭河，向东转入赫惠瓜苏河。向它的上游航行数英里后，我们在一个叫普埃尔多伊的村庄休整了一个小时左右，这是这条河上的最后一个村庄。离开时，船长惯常的忧郁表情明显更加凝重。他以前从来没有到过赫惠瓜苏河，眼下他在这条河上航行，却并不喜欢它。那是一片危险的水域，他预感会有一场灾难来临。果不其然，第四天一早他就碰上它了。我们前面的河道蜿蜒曲折，河水在弯道上激起一连串泛着白沫的漩涡。

船长的脸上露出一切已经结束的表情，然后他关闭了发动机。他已经违背了自己的明智判断，创造了很多航行的奇迹，但是前面的河道实在太危险，必须立马返航。经过协商，他同意驾驶快艇侦察前面河湾的情况。当他回来时，他的表情清清楚楚地表明，近距离的观测加深了他的恐惧。

随后，我们陷入一场无力的争论之中。作为翻译的桑迪，好像下定决心只把那些与问题密切相关的讨论转达给双方，他刻意忽略了船长对我们严厉的指责，也没有翻译我们对船长说的气话。在我们看来，虽然河湾问题很棘手，但绝不是不能解决。浪费一周的时间，然后偷偷溜回亚松森，这简直不可思议。我们也不能在周围的国家开展工作，那里都是半耕地，根本找不到我们想要的动物。然而船长决心已定。他夸张地说他不想死，而且他觉得我们也不想死。我们轻蔑地反驳他。桑迪经过再三权衡，选择性地翻译我们的话。在我们争论之时，一艘肮脏不堪、发动机砰砰作响的小汽艇以龟速从我们的船旁驶过，漫不经心地消失在河湾后面。

看到这样的情形，我们心中的怒火加倍地燃烧。由于缺少桑迪的翻译，这些怒火无法直接传达给船长，这让我们忍无可忍，彻底地爆发。最后，还是查尔斯写出了两个西班牙语词汇，才让我们和船长建立了直接而有效的沟通。大约一个小时或更久之前，船长还在和一只煤油炉较劲，他说煤油炉从未正常工作过，而且总是出问题，因为它不是欧洲制造的，而是"阿根廷生产的"。查尔斯指着船长，满怀怨恨地说："阿根廷生产的船长。"他似乎对自己在语言上取得的胜利非常满意，我们都被逗得哈哈大笑。桑迪抓住时机机智地撤退，回去继续享受他的马黛茶。离开他的翻译，我们的争论只得消停下来。

我和查尔斯与桑迪一起讨论现在的情况。我们回忆起在我们激烈争论时经过的那艘船。如果有船往上游走，那么总会有一艘船愿意让我们搭便车。这是我们最后的一丝希望。我们吃完晚饭，直接回客舱休息。

半夜，一艘汽艇发出的声音将我们吵醒。我和查尔斯冲上甲板，拼命地叫喊，那船靠边停了下来。幸运的是，桑迪认识船长。他叫卡约，身材矮小，皮肤黝黑，几年前桑迪在这个地区伐木时和他熟识起来。桑迪和卡约聊了十分钟，手上的火把照亮了那艘汽艇及上面的货物，也照亮了"卡塞尔号"和他们双方的脸。我和查尔斯待在火光之外的黑暗中，耐心地等待着。

最后，桑迪转向我们汇报情况。卡约打算前往赫惠瓜苏河的支流库鲁瓜提河上游的一座小型伐木场。那是我们梦寐以求的目的地。然而，他的船上已经有三名乘客——将要去营地工作的伐木工——以及一大堆货物，没有空余床位留给我们，但他可以帮我们搬运重要的设备和少量的食品，我们需要自己乘坐快艇前进。

"那我们怎么回来？"我喃喃自语，为自己问出如此谨小慎微的问题而感到羞愧。

"这个嘛，不确定，"桑迪无所谓地说道，"如果水位很高，卡约可能会花上几天时间四处转转。如果水位不高，他会立马返航，我们或许会被困上三四个星期或更长时间。"

卡约着急赶路，没有时间长谈。我们决定冒着被滞留的风险支付定金，敲定协议，然后迅速地把设备转移到卡约的船上。

半小时后，卡约带着价值几千英镑的摄像机和录音设备离开。我们看着黄色的船尾灯在漆黑的夜色中逐渐变小，最后消失在河湾处。我和查尔斯回到床铺上，互相保证说，我们对这个新计划一点也不担心。我们自我安慰说，假如真的被困一两个星期，这将会很有趣，不是吗？我俩对此似乎都不太确定。

第二天早晨，我们勉强挤出一丝亲切的笑容，同船长和冈萨雷斯道别，然后解开快艇，朝上游驶去，追赶我们的装备。我甚至没来得及看"卡塞尔号"最后一眼，因为船长总是有各种理由远离这个河湾。它产生的漩涡以惊人的速度掠过快艇船身，快艇则以一种最恐怖的方式滑过水面。当我们到达平稳的河段时，"卡塞尔号"早已消失在我们的视野中。我有些遗憾。我本想再多看它一眼，那里不仅有防水防蚊的船舱，还有奢侈的食物、小图书室、收音机、舒适的床铺。理想的旅程才刚刚开始，就这样离我们而去，真是让人难过。我们沿着河道向上游慢慢行进，河岸上的森林越发地荒凉和恐怖。乌云正在远处的天空中集结。

　　我明显地觉察到危险的气息。

　　　　　　　　　▬▬▬▬

　　尽管卡约离开后一直马不停蹄地赶路，但是我们很快就赶上了他。他的汽艇正在奋勇地向前航行，奈何船上货物太多，已经堆到舷缘，航速不超过 3 节，我们驾驶的快艇的航速是它的六倍。如今最谨慎的做法是把快艇绑在他的船尾，始终守护着我们的设备、食物和床上用品，不过，船上并没有我们栖身的空间，如果真把快艇绑在后面，它的航速还会进一步减慢。我们最后决定放弃令人难受的谨慎，继续令人兴奋的旅程，带上摄像机随时拍摄看到的动物。我们还带了吊床和足够吃三顿的食物，以防晚上碰不到卡约。

河道越发蜿蜒曲折，我们兴奋地绕过一个个河湾，船尾激起的巨大浪花向河岸呼啸而去，最终消失在岸边的灌木丛和匍匐植物中。

我们朝上游行进得越远，森林里的树就越大，不久我们就在绿色高墙之间疾驰，上方矗立着硬木的圆形树冠——有红破斧木、紫花风铃木、大果柯拉豆和洋椿——正是这些珍宝吸引着人们来到这个荒凉的国度。发动机的轰鸣声惊起岸边的鸟儿，其中除了鼻子沉重的巨嘴鸟和总是成双成对的金刚鹦鹉之外，还有成群的鹦鹉。最常见的当数黑色的红腰厚嘴唐纳雀，它们在棒状的鸟巢里尖叫着，这些鸟巢一组组地悬挂在岸边的树枝上。

我们又一次独自行驶在森林里，而它也再一次显示出它的幽怨与恶毒。快艇在幽暗的绿色长廊中疾驰，船尾激起的白色水花上下翻飞，在阳光的照射下熠熠生辉。我们似乎离森林很近，尽管置身于一个完全不同的世界，但我所感受到的兴奋，无异于坐在舒适的室内，与寒冷、潮湿、令人不适的外界之间隔着一层玻璃。然而我也深知，如果发动机失灵，如果我们撞上沉到水底的原木，船底被凿出一个洞，如果地平线上逐渐逼近的蓝色风暴云化为一场暴雨，我们一定会面临令人极其不安的，甚至是灾难性的处境。现在，我无比渴望"卡塞尔号"的客舱提供的舒适和安全。

黄昏时分，我们抵达库鲁瓜提河口，随即决定在岸边扎营等待卡约。这真是一个糟糕的露营地，它位于两条河流交汇的地方。伐木工人早已清除这里生长的灌木，在空地上搭建了一间肮脏的棚屋，他们有时会把它作为进入森林和砍伐树木的基地。空地上散落着生锈的铁丝、空油桶，这些油桶被用作重木筏的漂浮物。除此之外，地上还有斑斑点点的柴油，那是船员给船只加油时溅出来的。除了一个美洲印第安男孩，这里空无一人，他懒洋洋地躺在小屋旁，看着我们在生锈的油桶间支起吊床。

晚上，我们听到卡约的汽艇发出冰冷的突突声，朝我们这边驶来。他并没有停下来，而是直接拐入库鲁瓜提河。我们和卡约以喊话的方式简单地交流了几句，承诺第二天一早追上他，然后昏昏睡去。

天刚泛白，我们便已经收拾好行李，准备继续赶路。

一路上，我们轮流驾驶快艇。桑迪驾船的速度极快，令我感到害怕。他把帽子紧紧地扣在头上，帽檐被风吹得竖了起来，他则悠闲地操纵着方向盘，急速掠过一个又一个河湾。每次转弯时快艇都极度倾斜，眼瞅着河水就要从船侧涌入，船尾在河面上疯狂地打滑。我闭着眼睛躺在船尾，不仅感到头晕目眩，还夹杂着一丝隐隐的担忧。

　　突然，桑迪发出一声警告，紧接着传来一阵可怕的树枝断裂声和令人厌恶的刮蹭声，剧烈的震动将我从椅子上摔下来，汽艇猛地停了下来。只见船头已经冲上河岸，快艇急速前进激起的尾流随即追上我们，整条船不停地摇晃。原来，为了通过一个急转弯，桑迪猛转方向盘，不小心用力过猛，直接扯断了方向盘的电缆。

　　由于修理空间只能容纳一个人，我独自应承下这项任务。我们没有钳子和钢钉，没办法把磨损的电缆连接起来，只能寄希望于将断开的两截打结绑在一起。我尽可能快地修理着，然而，这确实不是一件轻松的差事。为了把电缆重新固定到舵杆上，我不得不将头埋在快艇的船首舱里。那里空间狭小，闷热潮湿，我流了一身的汗。修理过程中，我不仅被电缆的钢丝割破了手，还浑身沾满油污。这破地方全是毒蚊子，它们疯狂地叮咬着我们，别提有多难受了。我时常在想，如果卡约载着设备和食物一直远离我们，会不会是一场灾难？此时此刻的遭遇就是我一直担心的那种灾难。

　　一个小时后，我们再次起航。这次我们吸取教训，驾船更加稳重。令我惊讶的是，这次即兴修理似乎很奏效，尽管在转动方向盘时，打结处会有卡住的危险，但其他的一切堪称完美。

后来，我们又追上并再次超过了卡约，我悬着的心终于放下了。如果方向盘坏到无法修复的程度，那我们只要等他赶上来就可以了。

正午刚过，这些天一直不祥地发展壮大的阴云，突然爆出一声惊雷，豆大的雨点密密麻麻地砸在水面上。这时发动机抛锚了。我们绝望地拉着启动绳，在暴风雨最严重的时候，它不时地发出刺耳的声音。

那一天剩下的时间，简直可以用惨不忍睹来形容。暴雨如注，我们的视野被水幕所遮盖，就像隔着一层薄雾一般。事故之后，发动机开始频繁熄火，由于担心雨水会淋湿火花塞和化油器，我们不敢贸然拆下发动机盖进行维修。气温骤降，我们几个被冻得瑟瑟发抖。桑迪顽强地驾驶着快艇。我坐在旁边，目不转睛地注视着打结的电缆。查尔斯则趴在船尾待命，一旦发动机出现故障，他就立马拉启动绳。它正常运转的时候，他会用一块破旧的防水布盖住自己，试图保持干燥和温暖，这或多或少能起点效果。这次探险活动开始时，查尔斯决定留胡子，他为此特意准备了一顶帽檐很长的美式棒球帽。我和桑迪觉得这一点都不适合他。现在，每当发动机熄火的时候，我们就能看到一个蓄着胡须、戴着帽子、用长烟嘴吸着香烟的造型奇特的男人从防水布里向外张望，滔滔不绝、从容不迫地咒骂着，雨水不停地打在他脸上，顺着他的鼻尖滴落下来。

　　快艇继续在暴风雨中穿行。我们将摄像机和胶片安放在船首舱里，希望它们在那里可以躲过一劫。桑迪说，最后的目的地就在附近，那是一对伐木工夫妇搭建的小木屋。每次拐弯时，我都希望可以看到它。发动机没完没了地发出噼啪声，一次又一次地熄火，然后顽固地保持沉默，非得查尔斯猛地拉启动绳，它才乖乖地运转。其间，方向盘的电缆两次断开，又两次被我接上。尽管几个小时以前，太阳就消失在乌云密布的天空中，但是越来越黑的河道告诉我们，它已经落山，夜幕开始降临。转过一个河湾后，天完全黑透，我们远远地看到河道的尽头有一点黄色的光亮。我们抵达时，光亮早已熄灭。我们把船停泊在一座小崖壁下，沿着一条又陡又窄的小道朝房子跑去，持续不断的暴雨让小道变成一条瀑布。

　　灯光来自一座方形小木屋。小木屋没有门，只见地面燃着一堆篝火，一个穿着长袖上衣和裤子的女人、一个大约三十岁的黑发男人、两个美洲印第安青年蹲坐在火堆旁，火光照亮了他们的脸。猛烈的风雨声淹没了我们的脚步声，直到我们湿漉漉地站在门口，他们才意识到有陌生人拜访。

　　男人站起来用西班牙语欢迎我们。没有时间做过多的解释，行李和设备还在暴风雨中，他跟我们一起跑到船上去搬运物品。

　　享用完热汤后，主人把我们带进一间储藏室，让我们在那儿过夜。房间里堆放着木桶、鼓鼓的麻袋、抹了油的斧头和生锈的机器零件，上面还挂着蜘蛛网。巨大的棕色蟑螂趴在泥墙上，整堵墙好像盖了一层闪亮的、可以移动的地毯。除此之外，还有一群蝙蝠在椽子间不停地飞舞。房间里弥漫着咸牛肉腐烂的味道。即便如此，这里起码是干燥的。雷声从外面的森林中传来，我们满怀感激地支起吊床。没过几分钟，我们便进入了梦乡。

第三章

蝴蝶和鸟

暴风雨肆虐一宿，到了早晨，天空澄碧，纤云不染。后来，我们才知道昨夜登陆的定居点叫伊莱弗夸，这是瓜拉尼语地名，意为"秃鹫居住的地方"。尽管房子的主人南尼托和他的妻子多洛雷丝在罗萨里奥城拥有一座现代化的小房子，但他们很少去那里住。南尼托获得政府的授权，可以在库鲁瓜提河流域的森林里伐木。从理论上说，这里的树木都属于他，如果他能将它们全部砍伐，顺利地让它们沿着河水漂到亚松森的锯木厂，他将变成一个有钱人。他自己并不从事一线的伐木工作，他是一个投资者，职责是监督工人们。他雇人（比如坐在卡约船里的那些人）从事伐木、搬运和漂流的工作。当没有工人可以监督时，就像我们刚到的那会儿，他只能无所事事地坐在门口喝马黛茶。

　　虽然南尼托在这里住了好几年，但他从未想过要改善一下他们的生活。窗户上没有蚊帐，家里没有家具，房前屋后也没有种植香蕉树或巴婆果。多洛雷丝直接在篝火上做饭，她没有冰箱。从她俊俏却瘦削的脸上，可以明显看出这里的生活是多么严峻。

　　尽管如此，他们依然快乐、开朗、好客。他们说，只要我们愿意，在这住多久都可以。

　　他们的宅地上有好几栋建筑，一些长廊将它们连接在一起。一直燃烧着炉火的那间是厨房；我们第一晚睡觉的地方是仓库；有一间房是南尼托夫妇的卧室；还有一间房是那两个美洲印第安青年的卧室；第三间房在被我们用作卧室之前，用来养鸡和堆放一些杂物。从这些小木屋开始，地面向河道的方向倾斜，一直延伸到岸边光滑的红色砂岩，从而形成一处陡峭的斜坡。岩石下是库鲁瓜提河湍急的棕色河水，水位因为昨晚的暴雨而暴涨。南尼托在小屋后种了一小片木薯和玉米，再往后就是森林了。

安顿下来的第一个早晨，我们发现这里的空地上聚集了密密麻麻的蝴蝶，好像一场蝴蝶风暴，极其壮观。它们数量是如此之多，以至于我一挥网就捕到三四十只。这些蝴蝶特别美，前翅呈带虹彩的蓝色，后翅呈鲜红色，反面还有亮黄色的、如象形文字一般的花纹。我认出它们属于图蛱蝶。

蝴蝶迁徙向来以数量多和距离远著称于世。美国伟大的动物学家毕比曾经见过一群蝴蝶迁徙，据他描述，蝴蝶以每秒一千只以上的数量飞过安第斯山脉的一个山口，并且持续了数天之久。其他许多旅行者和博物学家也观察到同样的情形。然而，伊莱弗夸的图蛱蝶并不是移民，它们仅在小屋周边的空地上飞舞，我从未在几码*之外的森林和下方的河流见过它们的身影。后来，我们摸出了蝴蝶风暴的规律。我们发现蝴蝶总是在暴风雨之后出现，那时天空晴朗，阳光充足，河边的岩石被太阳晒得滚烫，赤脚踩上去甚至会感到疼痛。

蝴蝶风暴

　　随着夜幕逐渐降临，蝴蝶开始慢慢飞走，到了天黑透的时候，它们会全部消失。如果第二天的天气不是那么闷热，它们就不会出现。或许这种特定的天气促使成千上万的蛹孵

化，从而形成蝴蝶风暴。然而，这些昆虫在黄昏时飞到哪里去了？蝴蝶的寿命虽然不长，但是也不至于短到一天之内全部消失。它们是不是飞到森林里，一排一排地栖息在大树上的绿叶之间呢？我尚不清楚。

图蛱蝶属的蝴蝶不是唯一一种在伊莱弗夸周围出现的蝴蝶。我从未在其他地方见到如此之多的蝴蝶，它们不仅数量大，而且种类繁多。为了打发时间，我会在没有其他安排的时候收集一些蝴蝶。我没有尽全力，也没有刻意去寻找，更没有像一位真正的昆虫学家那样，去击打草丛或者探索沼泽；我只是在碰到一些从未遇见过的种类时，试图捉上一只作为标本。即使这样，我在两周时间内，在伊莱弗夸及周围地区还是收集了九十多种不同的蝴蝶。如果有足够的耐心和更多的技巧，我在这个小地方捉到的蝴蝶种类至少会是现在的两倍以上。整个英国发现的蝴蝶种类，包括那些罕见的迁徙物种，也不过六十五种。由此可见，这个数字是多么惊人。

我见过的所有蝴蝶当中，外形最华丽、体型最大的当数一种闪蝶，它们只生活在森林里。和同科的其他亲戚一样，它们的翅膀上有着光彩夺目的亮蓝色纹饰。它们的翼展能达到 4 英寸 *。刚来的时候，我看到一只大闪蝶在森林里慵懒而无拘无束

---

* 1 英寸等于 2.54 厘米。——编注

地飞舞，便穿过灌木丛开始追赶，即使被荆棘勾住衬衫也不曾放弃。我疯狂地挥动着网兜，试图跟上它那不断变化的飞行路线。然而，闪蝶在被追赶的时候，或者用更科学的语言来表述，在受惊时，它们的行为会完全改变。只要我的网一靠近，它们立刻改变飞行姿态，快速而笔直地飞走。它们往往会向上飞到树枝之间，我在下面根本够不着。后来，在经过数次徒劳的努力后，我才意识到不改变战术，永远捉不到闪蝶。

闪蝶喜欢在开阔的区域飞舞，不会受到树枝和灌木的阻碍，所以南尼托的工人们开辟的林间小道成为它们的最爱。工人们利用这些道路将木材运送到河边。闪蝶经常在这里翩翩起舞，它们的翅膀在阳光的照射下闪闪发光。起初，我会举着网朝它们走去，随时准备行动；后来，我发现只要我一挪动，它们就会受到惊吓，立马调转方向，飞进枝繁叶茂的林间。更好的策略是拿着网，站在树下一动不动，等到这些昆虫毫无察觉地飞到我触手可及的地方，再奋力一挥，让它们落网。这和板球运动没什么两样，而且，闪蝶诡异的飞行路线具有欺骗性和不可预测性，与投球手们投出的任何曲线球都不相上下。

然而，还有一种更为轻松的方法。专业的蝴蝶猎手会用诱饵引诱昆虫，诱饵通常用糖和粪便混合而成。但是，这里似乎用不上它。森林里长满野生的苦橙树，地上有很多腐烂的果实。闪蝶们总是成双成对地落到地面上，吮吸发酵的果汁。即使在它们进食的时候，我也必须小心谨慎、悄无声息地靠近它们，直到最后再给予它们准确的一击。

其他的蝴蝶有着不同的"口味"。有一次，我在森林里散步，闻到一股令人作呕的气味。我循味而去，发现一具腐烂的大蜥蜴尸体。我根本辨认不出这是什么，它的表面几乎完全被颤动的蝴蝶群覆盖了，这些蝴蝶深蓝色的翅膀巧妙地变换着图案。它们被这恶臭的盛宴深深地吸引着，以至于我能用拇指和食指捏住它们闭合的翅膀，把它们摘出来。

尽管图蛱蝶、闪蝶及森林里其他蝴蝶群体都非常大，但就数量来说，它们都无法和一种聚集在河边的艳丽的蝴蝶相提并论。

第一次见到规模如此庞大的蝴蝶群时，我惊诧万分。有一天，我走出潮湿阴暗的树林，走进一片阳光充足的草甸，只见茂盛的小草间点缀着几棵小棕榈树，一条小溪静静地穿过莎草和苔藓，从一座深褐色的池塘流到另一座深褐色的池塘。我安静地站在树荫下，用双筒望远镜搜寻着草甸，因为我担心贸然走到阳光下，会吓到那些在溪流边吃草或捕鱼的动物。不过这里看上去特别冷清。突然，我看到远处的小溪正在冒烟。有那么一瞬间，我荒谬地以为自己在这里发现了一处温泉，或者一个硫质喷气孔，也就是在休眠火山侧翼出现的那种。不过理性告诉我，这个地方不可能有火山活动。我疑惑不解地朝烟雾走去。当距离它不到 50 码时，我才看清楚，那是一片由蝴蝶组成的"云彩"，我简直不敢相信自己的眼睛。

当我走近它们时，地面无声地爆起一大朵黄色的云，然而，令我诧异的是，我站在那里还未离开，蝴蝶便再次降落在地面上。它们是如此密集，以至于收起翅膀趴在地面上时还是摩肩接踵，我几乎看不到下面的沙地。几码远的地方，在这张抖动的黄地毯边缘，一群黑色的犀鹃正忙着食用毫不反抗的蝴蝶。它们眼里根本没有我和这群鸟。

喝水的凤蝶

蝴蝶们伸直口器，疯狂地探索着潮湿的沙子，平时这些口器像手表的发条一样蜷缩在它们的头下。它们正在这里喝水。但是，它们一边喝水，一边从腹部的尖端喷射出小股液体。显然，这些蝴蝶并不缺水，它们更像是在通过喝水来吸收溶解在水里的无机盐。我蹲下来近距离地观察时，它们的行为印证了我的猜想——它们在寻找盐，只要我一动不动，它们就会停在我的胳膊、脸和脖子上。它们发现我的汗水和沼泽里的矿物盐一样具有吸引力，很快就有好几十只落了下

吮吸汗液的蝴蝶

来，还有一些在我的头顶盘旋，翅膀在空中发出响亮的、干涩的沙沙声。我一动不动地坐着，感觉到它们细小的、像线一样的口器在我的皮肤上轻轻地试探着，纤细的腿几乎不可察觉地拍打着我的后颈。

尽管接下来的几周，这样景象和经历变得越来越常见，但对我来说，它依然具有强大的吸引力。我们发现这些"喝水"的蝴蝶群不仅出现在溪流和沼泽地，在伊莱弗夸上游的银色河滨和沙坑里更为常见。只要阳光明媚，我们在那里肯定能看到一群群花哨的蝴蝶。除了我第一次发现的黄色蝴蝶外，那里还有许多其他种类，每种都自成一个团体。我数了数，这里光是凤蝶就有十几种之多。它们体型较大，姿态优美，在喝水的时候总是不停地抖动翅膀。它们的翅膀，有些是天鹅绒般的黑色，翅尖上有胭脂红的斑点；有些是黄色的，点缀着黑色的条纹和斑块；有些几乎是透明的，只有黑色的脉络。同种蝴蝶聚集在一起的原因，似乎是它们只会被自己的形象所吸引。一只飞舞的蝴蝶看到和它颜色相像的蝴蝶，就会停下来，几分钟之内，四五十只相似的蝴蝶就会聚集在一起，但是并非总是全都一样。它们的视觉辨别能力可能并不是那么完美，当我仔细观察这些蝴蝶群时，我经常能发现每一群里都有几种不同的蝴蝶。它们虽然表面看上去相似，但实际上相差甚远，不仅在图案细节上有所不同，有时就连体型也有差异。一开始，我认为这可能是个体差异，也可能是性别差异，但后来经过科学鉴定，我才知道它们是不同的物种。

我们乘船向上游进发，船尾卷起的浪花翻滚到岸边的沙地上，冲向正在喝水的蝴蝶，将它们淹没。待河水退去，沙滩上会留下一片湿漉漉的、破碎的翅膀和尸体。然而，它们的色彩和形状仍然能够吸引飞舞的蝴蝶，不出几秒钟，就会有一大群蝴蝶覆盖在这些尸体上。

不幸的是，蝴蝶并不是伊莱弗夸地区唯一数量异常丰富的昆虫。这些天，我们每天被成群叮咬能力极强的害虫所折磨着。它们不仅是我见过的昆虫中最凶残的，而且有一个显著的特点——它们有着严格的轮班制度。

早餐时间是蚊子当班。这里有好几种蚊子，最厉害的是长着独特的白脑袋的大家伙。我们一般在火堆旁吃早餐，希望刺鼻的烟能让它们躲远点；但是有些蚊子为了吸我们的血，竟然可以忍受缭绕的烟雾。当太阳升到河对岸的森林上空，炙烤着大地上的红土，将它们化为粉末时，蚊子会离开房屋，退到河边的树荫下。如果我们不小心走到那里去，它们还是会热情地叮咬我们，但是对房子这边的人来说，它们已经下班了。

一种叫"姆巴拉圭"的昆虫会来接班，这是一种和黑

伊莱弗夸的蝴蝶风暴

颊丽蝇体型差不多的大苍蝇，咬起人来像扎针一样疼，还会在皮下留下小小的红色出血点。"姆巴拉圭"非常勤奋，它们会在一天中最热的时候缠着我们，一旦黄昏来临，就会准时下班。少量蚊子会在这时再次上岗，但是我们面临的最大敌人却是"珀维林"。它们只不过是比灰尘稍微大一点的苍蝇，却是最令人厌恶的一种吸血昆虫。蚊子和"姆巴拉圭"至少足够大，可以被人捉到；当你拍死一只将口器插入你的皮肤，腹部不断膨胀的家伙时，看到血液四溅，你会有一种满足感，即便那些是你的血。然而，"珀维林"不仅体型小，而且数量多，虽然我们能一巴掌拍死五十只，但是这对头顶上的那片乌云没有任何影响。更要命的是，我们根本没有针对它们的防护措施，蚊帐的网眼已经足够细密，但是"珀维林"不费吹灰之力就能钻进来。唯一能阻挡它们的，只有网眼更为紧密的床单。我们曾经尝试用床单搭建一个帐篷，但是里面又闷又热，最终我们不得不放弃这一计划。后来实在没办法，我们只能在身上涂抹一些香茅和其他几种驱虫剂，其中有一些闻起来很恶心，还有一些会让皮肤有轻微的刺痛感，如果不小心碰到眼睛和嘴唇，那种疼痛不可言表。不过，对"珀维林"来说，这些药水似乎只是吃饭时的调味品。它们整夜陪伴着我们。天一亮，它们准时下班，蚊子开始工作。

唯一能改变这个排班表的只有天气。如果白天闷热难耐，天空中乌云密布，或者夜晚月光如水，那么蚊子、"姆巴拉圭"和"珀维林"会同时上岗。不过，也有一种天气可以把它们都赶走，那就是暴雨。在伊莱弗夸，每四天中至少有一天会下雨，但是这一天通常会让我们充满绝望，因为我们根本无法拍摄。换个角度思考，这里的雨天其实让人感到挺快乐的，天气不那么热了，我们可以躺在吊床上，在一种远离昆虫的幸福状态下看书。

刚到的那几天，我们因为一个突发情况而寝食难安。根据推算，卡约会在我们抵达后的二十四小时之内到这里。然而，他一直没到。我们很快吃完了随身携带的罐头食品，不得不请求南尼托支援一些。这样做确实有些难为情，一来我们住在这里，已经欠了他一个很大的人情，二来他的食品既不丰富也不可口，只有煮熟的木薯和一些不新鲜的咸牛肉，或许还有一些野生酸橙。然而，他无法为我们提供燃料，快艇的油箱眼看就要空了。情形非常严峻。如果卡约的船在我们最后见他的地方抛锚，或许剩下的油还能支撑我们到那里。但是，如果他的发动机出现无法修复的故障，而他打算把船开回赫惠瓜苏河，那么他就会超出我们行驶的范围，我们势必会沦落到既没有柴油，也没有粮食的悲惨境地。

我们的担忧与日俱增。在我们到达伊莱弗夸的第五天，卡约终于满脸微笑地驾船抵达这里，好像什么事情都没有发生过一样。

我们扔给他一根绳子，他迅速将船停好，顺着岸边的岩石坡道向小屋走去。我则一直待在河边，直到看着所有的罐头都被搬上岸，才跟着他一起回去。

桑迪、南尼托和卡约围坐在火堆旁，喝着马黛茶，多洛雷丝则在一旁尽责地替他们端茶和续杯。马黛茶叶其实就是碾碎的干树叶，它来自一种和冬青同属的灌木——巴拉圭冬青。喝茶的时候，先把茶叶放入一个角质容器或葫芦里，倒入热水或冷水冲泡，然后用一根末端带有滤网的吸管饮用，这种吸管在当地被称为 *bombilla*。马黛茶尝起来甜中有苦，苦中带涩，我和查尔斯从一开始就很喜欢这种口味，随即加入马黛茶大军。

"卡约的发动机出了点故障，"桑迪告诉我们，"现在一切正常。他说河水水位很高，所以他想继续朝上游航行，看看那里木材的情况。如果河水一直保持在高位，他将离开两个星期。如果水位开始下降，他会很快回来。但是不管怎样，他一定会接我们返回亚松森。"

这听上去似乎是个不错的安排。卡约站起来戴上帽子，和我们一一握手，然后回到自己的船上，很快连人带船消失在我们的视野中。

既然返程的时间已经确定，我们就可以安心收集和拍摄动物了。当务之急是寻求帮助。俗话说得好，双拳难敌四手，如果能有几个比欧洲人更熟悉森林及动物的美洲印第安人给予帮助，肯定会事半功倍。南尼托说，5英里外的森林里有一个印第安村落，我和桑迪立即出发去找它。

　　事实证明，那个印第安村落其实就是一片破旧的茅草屋，它坐落在宽阔的山谷里，那里绿草如茵，环境宜人。如今，美洲印第安人基本摒弃了传统的生活方式。身着破旧的欧式服饰的他们已经不再打猎，而是饲养一些瘦骨伶仃的小鸡和几头营养不良的牛，这些牛的肋骨清晰可见，皮肤上还有长着蛆的脓包。

　　我们说明来意，希望找到一些鸟类、哺乳动物，特别是犰狳。不论他们捉到什么，只要送过来，我们就会支付一定的报酬；如果能带我们找到动物的巢穴，还会有更丰厚的回报。

　　桑迪说话时，他们喝着马黛茶，若有所思地盯着我们。没有人表现出特别的热情。这也不能怪他们，天气闷热又潮湿，躺在吊床上的确要比在森林里乱跑舒服得多。不过，我惊奇地意识到，这里竟然没有蚊虫叮咬我们。我打断桑迪苦口婆心的劝说，让他问问村民们有没有受到蚊子、"姆巴拉圭"和"珀维林"的骚扰。他们慢慢地摇了摇头。我想知道，如果让我永远生活在这里，我的这股冲劲儿可以持续多久。没有蚊虫的叮咬，没有为了在竞争激烈的现代社会中生存下来而时刻让自己精力充沛的烦恼，或许我也会睡在吊床上，等着母鸡下蛋，等着屋外的香蕉成熟。

酋长严肃地说，我们来得不是时候。过去几周，村里的人一直在讨论要不要砍掉村子附近一棵栖息着野蜂的大树，他们可能会在接下来的任何一天下定决心。在这个问题得到解决之前，显然没有人会考虑做其他的事情。

不过，他也保证，如果有人碰巧遇到一些动物，他们会设法捕获一些，然后通知我们。我和桑迪回到伊莱弗夸。我觉得还是不要指望从村民那里获得实质性的帮助。

我们在森林里漫游了好几天。那是一个压抑的，甚至有点恐怖的地方。英国的森林温柔好客。它的四周有着数不清的入口，邀请你踏上光影斑驳的林荫小道，走向森林深处。然而，伊莱弗夸周边的森林却大相径庭，入口处布满锋利的荆棘和错综缠绕的藤蔓。当我们强行进入后，成群的蚊子、蜱虫和水蛭会再次警告我们不要深入森林。层层叠叠的枝叶将太阳遮得严严实实，要不是随身携带指南针，我们根本无法辨别方向。为了避免迷路，我们会在树干上砍几刀，留下记号，根据这些白色的伤口，我们可以安全地原路返回。这里只有疯狂生长和衰败腐烂两种迹象。阳光是绝大多数植物赖以生存的资源，那些在争夺阳光时力不从心的植物，只能倒在地上慢慢腐烂。匍匐植物和藤蔓植物则利用老树的树干向上攀爬，达到目的后便会勒死曾经的帮手。只有在大树倒下的地方，阳光才能照射到森林的地面，接着较小的植株纷纷冒出来，在这里茁壮成长，直到其中的一棵异军突起，偷走所有的阳光，并最终杀死它的同伴。在这些空地之外的地方，我们几乎看不到花。

森林里没有大型动物。我们有望找到的最大的动物是美洲豹。它虽然并不罕见，但是善于伪装，而且移动时悄无声息，所以游人在森林里几乎碰不到它，除非他们带着猎犬狩猎。乍一看，这片森林非常荒凉，除了蝴蝶和那些在潮湿阴暗的角落里不断鸣叫的昆虫外，别无他物。

其实不然，这片森林里到处都是动物，它们隐藏在那些看不见的地方，暗暗观察着我们。有一次，一只浣熊在我们面前一闪而过，消失在一片沙沙作响的树叶里。我们只能通过检查它留下的脚印来确定看到的是什么。地面其实是一本账簿，我们可以从中辨识出那些在我们之前经过这里，以及已经悄无声息地消失的动物。森林里最常见的是双领蜥的痕迹——中间是尾巴留下的蛇形的扭曲凹槽，两边是爪印。有时我们跟着这样的痕迹就能看到蜥蜴，它们将近3英尺长，一动不动，呈青铜灰色，像一尊雕像。如果我们走到几码远的地方，它们就会瞬间消失。

鸟儿是森林里最耀眼的居民。美洲咬鹃和杜鹃差不多大，胸口呈猩红色，鸟喙周边满是髭须。它们笔直地坐在树上，身旁是它们用来筑巢的棕色球状白蚁穴。地面上的鹀是一种几乎不会飞，像鹧鸪一样大的栗色小鸟，它犹豫而又谨慎地在树影下踱步，不时地发出几声清脆悠扬，如哨音一般的美妙叫声。有一次，我们找到它的巢穴，里面有十几枚像台球一样光亮的紫色鸟卵。绒冠蓝鸦生性好奇，常常主动接近人类，如果我们在一群绒冠蓝鸦附近走动，它们就会在树枝间跳来跳去，飞到我们身边，咯咯地尖叫；它们很好看，腹部呈奶油色，翅膀和背部呈亮蓝色，头上长着奇怪的密羽，看上去像是戴了一顶滑稽的帽子。还有一种钟伞鸟虽然很难看见，但是数量特别多，无论我们走到哪里，总能听到它们如敲击金属般的叫声。我们有幸看到一只钟伞鸟，它站在森林里的制高点，远远望去就像一个白点。钟伞鸟会在森林里划分自己的领地，并且会通过长达一个多小时的连续不断的鸣叫来宣示主权。有时，一只鸟儿也会和半英里外的另一只鸟陷入声嘶力竭的鸣叫战斗，听上去就像是它的叫声在森林里回荡。

随着卡约的乘客的到来，伐木工作正式开始。他们两人一组，每天去森林里砍伐巨大的硬木，其中有些树甚至有100英尺高。其他人在南尼托的监督下，开始另一项艰巨的任务，也就是把上一季砍伐并已经清理好的褪色原木拖出森林，住在伊莱弗夸的那两个印第安男孩也会帮忙。他们使用木材运输车——一种巨型木制轮车运送原木。轮子的直径超过10英尺，由沉重的木轴连接起来。原木用铁链捆在木轴下，由一队受过专门训练的牛从森林里拉出来。它们被堆在小屋下面

用牛队和木材运输车运出原木

的河岸边的空地上，直到可以连成一排木筏。然后，伐木工人会乘着木筏顺流而下，漂到亚松森，这趟旅程长达一个月。

几天后，我们指派一个印第安男孩去村子，看看村民们有什么收获。他带回了一个令人兴奋的消息。酋长抓到了一只巨嘴鸟、一只食蚁兽、三只鹩，最棒的是，还有一只犰狳——我们要付多少钱？我为自己质疑他的事业心而感到惭愧。如果美洲印第安人是如此精力充沛的猎手，那么我们最好离开伊莱弗夸，直接驻扎在村子附近，这样就可以在动物被捕获后立即接管它们。当我记起那条山谷里没有咬人的蚊虫时，这个提议变得更加吸引人。南尼托借给我们两匹马，用来驮运设备。"如果卡约来了，给我们捎个信，"我们说，"我们就会马上回来。"

我们兴高采烈地出发了。

晚上，我们抵达那个村子，然而酋长不在。其中一个人说他正在森林里照料他的木薯田。

"不，不，"我尝试着用一种略带幽默色彩的方式说，"他在为我们寻找更多的动物。"

村民们被逗得开怀大笑，我们在他们离开后搭好营地。

第二天早上，一个信使从酋长那里来了。

"酋长脚疼，"他说道，"不能来见你们。"

"但是那些动物，"我们问，"它们在哪儿呢？"

"我要去问问他。"信使说完便离开了。

那天深夜，酋长终于现身。他似乎没有跛行。

"先生们想买这些动物，"桑迪说，"那只犰狳在哪里呢？"

"它跑了。"

"那大食蚁兽呢？"

"它死了。"

"那巨嘴鸟呢？"

一阵沉默。

"被一只鹰吃了。"酋长阴沉地说。

"还有那些鹉呢？"

"啊哈，"酋长说，"我从来没有抓到它们，但我知道在哪里可以找到它们。我只是说，要是捉到它们，你们会付多少钱？"

究竟是什么原因，让酋长编造出这样的谎言，目前我们还不清楚。我隐约觉得，可能是因为在落后的社会环境中，人们比较讲究礼节和爱面子。不过，查尔斯有更切合实际的结论。

"我想，"他冷冷地说，"这件事教育我们，不要问愚蠢的问题。"

我们出现在村子里，似乎激发了当地人的热情。虽然这些刺激不足以让他们真正行动起来，但是他们开始关心我们的行程，同情我们的遭遇，还时常来我们的营地坐坐，一边

喝马黛茶，一边给我们提一些有建设性的建议，例如下一步
该怎么做，应该去哪里观察动物。一名男子回忆说，他听闻
最近有人发现一种叫"贾库佩蒂"的鸟的卵。他说，这是一
种非常罕见的动物，那个人把它们带回家，让家里的母鸡孵
化。根据他的描述，"贾库佩蒂"应该是彩冠雉，它和火鸡大
小相当，是它们家族里最帅气的成员之一。我们很感兴趣。
在哪里能找到这个人？他非常圆滑，问我们愿意为这些雏鸟
出多少钱。我们讲了半天价，决定用以物易物的形式来交易，

彩冠雉

不过最终兑换的规模要根据雏鸟的数量、种类及健康状况来确定。这个美洲印第安人说他会亲自把这些鸟儿带来，看来他已经深谙赚取差价的门道。

两天之后，他回来了。这群雏鸟黑黄相间，像小绒球一样，非常可爱。尽管不知道它们是不是彩冠雉，但我们选择相信他的话，用一把刀换回了这些小家伙。

它们非常温顺，而且还在向更加温顺的方向发展。很快，它们便开始紧紧地跟在我们身后；为了避免发生踩踏，我们不得不将它们关在临时搭建的围栏里，以保证它们的安全。它们开心地吃着谷物和肉屑，迅速长大。我们密切地观察着这些小家伙。它们长大后会是什么样子？随着时间的推移，其中有一只似乎变得与众不同；在回到伦敦的几周后，我们终于确定了它们的身份。其中三只的确是彩冠雉——除了黑色的翅膀上点缀着白色斑点外，还长着华丽的白色冠羽和色彩鲜艳的肉垂，肉垂的一部分是紫色，一部分是鲜红色。不过，第四只鸟的颜色则要单调得多。它是棕色的，仅有一个小小的红色肉垂。如果那个美洲印第安人认为这只鸟不值钱，故意把它掺在其他几只里卖给我们，那他就打错算盘了。这是另一种冠雉——安第斯冠雉，以前在伦敦动物园很少有过。对我们来说，它是四只鸟里面最罕见、最有价值的一只。

四只雏鸟换回一把结实锋利的刀，这件事在村子里引起极大的轰动；两天后，村里的一个年轻人抱着一只巨大的双领蜥来到我们的营地，这家伙足足有3英尺长，脖子上还挂着一个套索。我十分小心地应付着它，因为双领蜥有着强劲的下颌，我毫不怀疑，它一旦抓住机会，会毫不费力地咬断我的手指。我抓住它的脖子和尾巴。这只爬行动物不断地扭动，发出一种微弱的噼啪声。让我大吃一惊的是，它竟活活地把尾巴从后腿处扯断了，我的两只手里各拿着一半蜥蜴。尾巴像前半身一样扭动着，长长的、叶片状的肌肉在断裂的边缘处收缩成一个环，除了末端有一个猩红色的小点之外，没有任何血迹。小型蜥蜴经常会用这种方式断尾，但是我手里握着的这种大型蜥蜴做出同样的行为，既出人意料，又让人毛骨悚然。

自残似乎并未让双领蜥变得更糟，但破坏了它完美的外形。我给年轻人支付了报酬，不过我把蜥蜴放回了森林，希望它能长出一条新尾巴。

第二天，那家伙又带来一只双领蜥。它几乎和第一只一样大，我处理起来更加谨慎。不幸的是，它还是受伤了，男人把它困在一个洞里时，它发动袭击，不小心咬到一把砍刀，结果满口是血。虽然不敢相信它能活下来，但我还是小心地把它放进笼子里，给了它一只鸡蛋吃。

第二天早晨，鸡蛋不见了，双领蜥昏昏沉沉地躺在角落里。接下来的几周，它嘴上的伤口慢慢愈合，当我们最终把它交给伦敦动物园时，它完全恢复健康，和以前一样凶残。

我们收集到的动物越来越多。除了冠雉和双领蜥之外，还有一对罕见的鳞头鹦哥、一只年轻的绒冠蓝鸦和五只小小的鹦鹉雏鸟。但是，我们仍然没有找到最渴望看到的生物——犰狳。

我们日复一日地寻找着它们的洞穴。寻找这些洞穴并不困难，因为犰狳是一位充满热情和活力的挖洞健将。它通过挖隧道寻找食物，并且在森林里挖了很多备用的藏身之处，毫无疑问，这些洞总有一天会派上用场。有时它们会抛弃旧的巢穴，挖一处新的巢穴。

最后我们找到一处洞穴，各种迹象显示它仍在使用。洞口有新的脚印，洞内的垃圾里有尚未枯萎的绿叶碎片。如果真的有犰狳住在里面，那么最直接的方法就是把它们挖出来。但我非常怀疑能否用这种方法捕捉到成年犰狳，它们一定会撤退到最深处的竖穴，那里可能会有15英尺深，即使我们能挖到这么深的地方，我确信犰狳也会挖得更深更快。我们真正的希望在于找到小犰狳；犰狳通常会将它们的托儿所建在地面附近，避开洞穴深处，这是因为那里在雨天容易被淹，不适宜长久居住。

这项工作不仅艰辛，而且让人感到非常炎热。错综复杂的根茎让地面异常板实。经过一个小时的挖掘，筋疲力尽的我们发现主隧道大约在地面 3 英尺以下的地方，与地面基本平行。随着越来越多的树叶出现，我意识到即将挖到巢室。我跪在地上，用手把松软的泥土清理干净，然后顺着隧道往下看，想要在把手伸进去之前先确认里面没有什么危险；但是我什么也看不见，这让我心里直发毛。现在唯一能做的就是大胆尝试。我趴在洞口，慢慢地把手伸进洞里。我起初只能感受到树叶，突然又感觉到有一个东西在动。我一把抓住

搜寻犰狳

那个暖暖的、不停扭动的家伙。我确信自己抓住的是一只犰狳的尾巴，但是不管它是什么，我怎么都拽不出来。这家伙似乎把四肢扎进泥土，然后用背抵着洞顶。我紧紧地抓住它，同时试图将另一只手伸进去。在我摸索和挣扎的时候，我发现了一个对付它的好办法——它怕痒。我不经意地用左手碰了碰它的肚子，刚一碰到，它就卷了起来，失去抓力，被我像拔瓶塞一样拔了出来。

令我高兴和欣慰的是，我捉到的是一只年轻的九带犰狳。

一只正在钻回洞里的犰狳

现在没有时间做详细检查，洞里可能还有其他犰狳。我迅速地把它放进一只袋子里，然后再次回到洞口。不到十分钟，我又抓到三只犰狳。这正是我所期望的数字，因为雌性九带犰狳具有生产四胞胎的非凡特征。我们胜利地把四兄弟带回营地。

当前的首要任务是给它们做一些舒适的笼子。幸运的是，一个在亚松森的英国朋友送的四个盒子一直没有派上用场，我们把它们拆开，捆成一个整齐的包裹带在身边。我们迅速地将它们恢复原状，并在外面钉上了细密的铁丝网。往里面放一些泥土和干草，它们就成了完美的犰狳笼舍。这些盒子还给每只动物提供了一个名字，因为它们最初是装雪利酒的箱子，我们自动地把它们的主人称为菲诺、阿蒙蒂拉多、奥洛罗索和萨克维尔，统称为四胞胎。

这些家伙实在是太迷人了！它们的外壳不仅柔软，而且平滑光亮。它们长着好奇的小眼睛和粉红色的大肚子。一天中的大多数时间里，它们都躺在干草下睡觉，但是一到晚上它们就精力充沛，绕着盒子不厌其烦地寻觅食物，胃口大得惊人。

九带犰狳是所有犰狳中最常见、分布最广的一种。虽然巴拉圭是其分布范围的最南端，但在南美洲北部的大多数国家都能看到它们的身影，在过去的五十年中，它们甚至将领地扩展到美国南部的一些地方。美洲印第安人经常来看四胞胎，蹲坐在地上观察它们的每一个动作。我不大明白他们为什么对犰狳这么感兴趣，按理说他们应该见过很多。事实上，这种动物是他们食谱中的一道常见的美味佳肴。或许是因为他们很少看到活生生的犰狳吧，毫无疑问，他们一抓住活的，就会立刻把它杀了吃掉。

他们说了很多关于犰狳的故事。相传，如果一只犰狳想要过河，那么它只需要顺着河岸走进水里，在河床上一直往前走，直到抵达对岸。这个故事听上去荒诞不经，当时我没有把它当回事。然而，当我们回到英国后，我发现这个故事很可能是真的。犰狳背上的盔甲非常重，所以沉在河底对它们来说不难。此外，它们还有一种惊人的能力，可以长时间屏住呼吸，并在组织中积累氧气。这一点非常重要，因为它们常常要在地下连续不断且迅速地挖洞，当它们这样做时，鼻子就不可避免地要埋在地下，几乎不能呼吸。这两个特点让犰狳在水下行走成为可能，美国的一位研究人员已经在实验室条件下得出这样的结论。然而，到目前为止，还没有科学家发布一手资料，宣称观察到犰狳在自然界利用这种方法过河；而且我们知道，如果它们愿意的话，它们可以用正常的方式在水面游泳，只要它们在肺部充入空气，减轻身体重量就没有问题。

既然已经捉到四胞胎，我们又开始为返程担忧了。过去几天一直没有下大雨，河水的水位可能会回落，这样卡约就不得不提前回来。如果我们失之交臂，那后果将是一场灾难，所以我们把所有的东西都聚集在一起，回到了伊莱弗夸。

南尼托和多洛雷丝用马黛茶热情地招呼我们。大家围坐在篝火旁，一边传递着马黛茶杯，一边分享着近期的见闻。

过去的几天里，"珀维林"变得更为猖獗。伐木工作进展顺利，他们砍了很多树，岸边堆放着不少原木，很快就有足够的原料建造木筏了。

"那卡约呢？"我问。

"走了。"南尼托用西班牙语随口答道。

"走了吗？"我们不敢相信自己的耳朵。

"是的，走了。河水越来越低。我让他等我给你捎个信，但他说他很着急。"

"那我们怎么回去呢？"

"我想也许会有另一条船在上游某处。如果有的话，他们过一段时间就会下来。我相信他们会带你们离开的。"

除了等待和希望，我们无能为力。

幸运的是，我们没等太久。两天后，一艘小汽艇轰鸣着顺流而下。尽管船上已经有五个乘客，没有我们的空间，但船长同意带走大部分行李和动物。河水在快速下降，他们也很匆忙。如果三天之内到不了赫惠瓜苏河，他们很可能会被困上几个星期，直到下次暴雨来临，河水再次上涨。不过，他们并不去亚松森，只到普埃尔多伊。我们估计，在那里找到一艘开向亚松森的船的机会，比在伊莱弗夸要大得多。不到一小时，我们收拾好所有东西，登上快艇，告别南尼托和多洛雷丝，然后跟着前面的汽艇出发了。

我们花了三天多的时间回到赫惠瓜苏河。

即将抵达普埃尔多伊时，另一艘汽艇朝我们驶来。我拿起望远镜一看，是"卡塞尔号"。我甚至看到那个不会被认错的戴着草帽的船长在掌舵。真是世事难料，我从未想过再次见到他时会如此高兴。

我们并排停靠在岸边。冈萨雷斯探出身子向我们挥手。转移设备和动物时，船长告诉我们，他回到亚松森，肉制品公司的好心人见我们没有和他一起回去，非常担心，让他加满油，返回上游等待我们。他一直在这里。

客舱看起来像天堂一般。

查尔斯把收音机打开，然后倚在床上，开始做精致的点心——一盘黄油饼干，上面点缀着卷得整整齐齐的凤尾鱼。

他端起身旁的啤酒杯，喝了一大口啤酒。"旅途不错，"他略带沉思地说道，"除了中间一两天出了点意外，这趟旅程一点也不糟糕。"

第四章

牧场上的鸟巢

翌日清晨，"卡塞尔号"顺利抵达亚松森，沿着肉制品公司的码头缓慢滑行。船长向冈萨雷斯大声吼叫，让他关闭发动机，随后带着我们从未见过的灿烂笑容登上岸；他如同归来的英雄一般，受到装卸工朋友们的热烈欢迎。冈萨雷斯紧随其后，向他忠实的听众声情并茂地讲述这次旅程中发生的趣事。

经历数周的考验及各种突发事件的折磨后，我和查尔斯很高兴再次见到亚松森漂满垃圾的河水和肮脏的码头。当我们走在前往经理办公室的路上，去感谢他慷慨提供游艇的时候，我的脑海里充盈着城镇为我们准备的惊喜——防水的卧室、柔软的床垫、家乡的书信，还有那些我们未曾想到的可口美食，它们被摆放在抛光的红木桌上，搭配着闪亮的银质餐具。这样舒适的环境，我们至少可以享受一周。由于一直无法确定返程日期，我们也就没有为下一次旅行做任何安排，我想做完这些至少需要一周时间。

经理热情地招待我们。

"你们回来得正是时候。还记得你们曾经说过想找个时间参观我们的牧场吗？公司的飞机后天会到亚松森。如果你们想去的话，它可以在飞回布宜诺斯艾利斯的路上把你们捎到伊塔卡博牧场。"

尽管这意味着我们将丧失一周奢侈舒适的生活，但这个提议让人无法抗拒，因为第一次听闻伊塔卡博时，我们就意识到，如果能去那里参观，那将是一次性价比极高的旅程。那片牧场位于阿根廷最北端的一个省——科连特斯省以南 200 英里处。多年以来，苏格兰的麦凯先生一直管理着这片牧场，他认为养牛的成功并不建立在消灭所有野生动物的基础上。他是一位热情的博物学家，禁止人们在他管理的土地上狩猎。因此，这片牧场不仅生产大量的牛肉，而且是一个动物保护区。现任经理迪克·巴顿延续了这一传统，据我们所知，阿根廷平原上的野生动物在伊塔卡博的数量比在其他任何地方都要多。

我们一周的空闲时光变成了异常忙碌的两天。我们首先把拍摄好的胶片寄回伦敦，检查所有的设备，随后在我们寄宿的英国朋友家的大花园里搭建了一些笼子和围栏，作为动物们的临时"宿舍"。为了能有人在我们离开时照料这些家伙，我们接受了屋主的建议，聘请他们的园丁阿波洛尼奥——一个可爱的巴拉圭小男孩作为临时饲养员，并安排他的兄弟接管他的工作。阿波洛尼奥对动物有着持久的热情，他在照料冠雉雏鸟、鹦鹉、四胞胎，甚至是脾气暴躁的双领蜴时所表现出的喜悦和兴奋，使得我们确信他会全心全意地对待这些家伙。

肉制品公司的飞机按计划抵达，这是一架小型单引擎飞机，体积非常小，我们费了半天劲才把一些必需的设备塞进去。

起飞后没几分钟，亚松森和巴拉圭便消失在我们的身后。现在，我们正在阿根廷上空翱翔。无论从地理的角度，还是从政权的角度来说，它都是一片新的土地。道路和围栏在草原上纵横交错，如同一条条红色和银色的线条画过空白的绿色画布。在这样一个没有任何遮蔽物，并且致力于科学生产牛肉的国度，能有野生动物幸存下来，简直不可思议。我们嗡嗡地在天上飞了将近两个小时。在发动机的轰鸣声中，飞行员朝我们大喊一声，指着前方一个由红色建筑组成的空心小方框，它的四周环绕着一圈狭窄的树林，就像一幅镶嵌在深绿色画框中的画。这就是伊塔卡博。地平线开始倾斜，地面的建筑越来越大，原本散落在草原上的斑点变成一头头壮硕的牛。飞机逐渐调整成水平姿态，慢慢着陆。

　　经理正在等我们。他身材高大，面容滑稽，戴着一顶扭曲变形的软毡帽，倚靠在手杖上，就像从赫里福德郡的一座农舍里走出来的农场主。他的第一句话，和他的装束一样具有浓郁的英伦范儿。

　　"下午好，我叫巴顿。进来吧，我确信你们这些家伙想要来一杯麦芽啤酒。"

　　然而，他带我们穿过的花园，却和英式花园大相径庭。一棵巨大的棕榈树在天鹅绒般的草坪中央慵懒地挥舞着它的枝叶，蓝花楹、叶子花、木槿花在灌木丛中竞相开放。一个戴着宽边帽、留着络腮胡的阿根廷牛仔站在花坛中，小心翼翼地修剪着枯枝败叶，只见他穿着宽松的裤子，系着宽大的皮带，腰间还别着一把不带刀鞘的大刀。

这栋布局杂乱、以瓦楞铁皮为屋顶的单层建筑，很难和"漂亮"这个词联系起来；尽管不是那么优雅，但是它确实非常豪华，它的建造规模和装修风格，可以与爱德华时期富丽堂皇的建筑相媲美。我和查尔斯被领进一间单独的、带有浴室的宽敞客房，随后和迪克·巴顿一起在一间巨大的桌球室里喝他刚才承诺的啤酒。

我们说希望能找到鹧鸪、水豚、水龟、犰狳、毛丝鼠、距翅麦鸡和穴小鸮。

"上帝保佑，"他说，"这太容易了，这里有很多。你们可以开着我们的卡车在这附近转悠，直到发现它们为止。此外，我还会让那些工人也多加留意，如果找不到你们想看的东西，我会给他们点颜色看看。"

从空中俯瞰，房子周围的土地并非一马平川，但是起伏并不大，有点像威尔特郡辽阔的丘陵地带一样。这里并非完全没有树木，为了给牛群提供阴凉，他们在这里种了一些从澳大利亚引进的木麻黄和桉树。这里位于布宜诺斯艾利斯以北几百英里处，迪克说它不是"大草原"（the pampas），而是一个"camp"，这是一个英语化的西班牙单词缩写，意思很简

在伊塔卡博工作的雇工

单,就是"乡下"。

这片面积约为85 000英亩*的牧场被铁丝网分割成几个巨大的围场,每个围场和英国的小型农场差不多大。丰盛的牧草虽然为牛群提供了极好的草料,但是对鸟儿来说却不太友善,除了为数不多的树荫外,这里既没有庇护所,也没有筑巢的地方。尽管如此,有几种鸟类还是成功地在这里繁衍生息,它们采用的筑巢技术特别适合这种开阔的、没有遮蔽场

---

* 1英亩约等于4 046.86平方米。——编注

所的地区。

橙顶灶莺又被称为"阿隆佐索"，它是一种和英国的鸫差不多大的红棕色小鸟。它既不会刻意把巢建在鹰看不到的地方，也不会试图把巢建在牛鼻子够不着的地方。它会建一个几乎坚不可摧的巢，使自己的卵和雏鸟免受威胁，这种圆顶建筑是用晒干的泥土建成的，形状像是当地人烤面包用的土炉。它的巢大约有1英尺长，洞口大到可以容纳一个人的手。然而它的卵受到了很好的保护，这是因为在入口的后面，鸟

橙顶灶莺和它建造了一半的巢

巢被一层环绕着巢室的内壁一分为二，而在这层内壁上只有一个小孔，小到只能让鸟儿自己勉强地挤进去。

既然设计出如此坚固的堡垒，橙顶灶莺也就没必要隐藏巢穴，干脆把它建在最显眼的地方。如果没有树，它就会将巢穴建在围栏的柱子、电线杆或地面上任何可以支撑它的物体上，不过建在某些地方可能会被牛踢碎。我们曾经在一扇经常使用的门的门闩上发现了一个橙顶灶莺的巢，它每天要被迫旋转好几个 90 度。

橙顶灶莺和完工的巢

橙顶灶莺不仅胆子大，而且喜欢亲近人，常把巢建在人类居住的房屋附近。作为回报，牧场工人们非常喜欢这种既可爱又无畏的小鸟，给它起了很多昵称。正如我们会亲切地将欧亚鸲唤作"红胸脯的罗宾"，将鹪鹩唤作"珍妮"一样，他们把橙顶灶莺称作"阿隆索·加西亚"和"若昂·德洛斯·巴里奥斯"，意思是"泥坑里的家伙"。他们说这种鸟堪称典范：它生性开朗，因为它不倦地歌唱；它有着极高的道德准则，因为它对伴侣忠贞不渝；它极度勤勉，在筑巢时从早忙到晚。不过，他们说，它在礼拜天也是非常虔诚的。

在丘陵的低洼处和溪流的岸边，偶尔会长出一簇簇带有锯齿的野草，它叫星花凤梨，其果茎从布满细腻针刺的莲座式基部萌生出来，高达6英尺。这些草丛是许多小鸟的家园，它们长得娇小玲珑，偶尔会冒险来到开阔的牧场。

一大群剪尾王霸鹟会飞到那里去觅食，它们时而从一根茎猛冲到另一根茎上，时而站在一棵特别高的草茎顶端，在阳光下引吭高歌，分叉的长尾和着节奏一会儿张开，一会儿闭合。在那里，我们还发现了白蒙霸鹟，除了尾尖和初级飞羽是黑色以外，它全身雪白。此外还有机敏的朱红霸鹟，它的尾巴、翅膀和背部是黑色的，其他地方却是一种神奇的鲜红色。牧场的工人称它为"消防员"或"公牛血"，但是我觉得最恰当的称呼应该是"布拉齐塔·德尔·富埃戈"，意为"燃烧的小煤块"。每一次偶遇，我们都会被它所吸引，一边驻足观望它那美丽的倩影，一边感慨我们拿着的是黑白摄像机。

不过，牧场最优雅的居民非鹈鹕莫属。迪克认为我们是小题大做的老学究，我们竟然不称它们为鸵鸟，而是给它们另起一个古怪的名字，事实上，这两种鸟的确非常相似。然而，真正的鸵鸟只生活在非洲，而鹈鹕只生活在南美洲，它们还是有细微的差别。鹈鹕个头稍小，羽毛不是黑白相间，而是暖灰色，每只脚上有三个脚趾，而鸵鸟只有两个脚趾。

我们经常看到鹈鹕，它们如同模特一般，在草地上优雅地缓缓踱步。牧场禁止狩猎，这让它们变得无所畏惧，竟然允许我们在几码的范围内开车；然而，一旦我们越过安全距离，它们便停止吃草，抬起头像小鹿一样狐疑地盯着入侵者，向我们发出警告。长长的脖子原本给了它们目空一切的资本，可它们的大眼睛却如水一样温柔。

鹈鹕作为一种不会飞的鸟，它们那蓬松的翅膀除了保暖之外，似乎没有其他任何用途，它们的身体上只长着短短的奶油色羽毛；当鸟儿挥动翅膀，并将它们裹在看上去几乎赤裸的身上时，那神态就像高傲的扇子舞者一样。

通常，一只雄鸟会和一些年龄、体型不同的雌鸟组成一个群体。一般来说，雄鸟的体型最大，它与那些雌鸟之间的区别在于那条沿着后颈向下延伸，像细窄的轭架一样围在肩膀周围的黑色条纹。雌鸟虽然有这种条纹，但那是棕色的，没有那么明显。

如果我们无视它们警告的目光，继续开车靠近它们，整个家族便会撒开长腿，以最快的速度四散奔逃，强劲有力的脚趾在地上留下一个个深深的印痕。迪克告诉我们，除了跑得最快的马以外，没有动物能追上它们。鹐鹋不仅耐力好，而且擅长急转弯和躲闪，所以很难被抓住。

在一片芦苇丛中，我们发现了鹐鹋的一个巢。这是一个直径约3英尺的浅坑，边缘堆着干树叶，里面有数量惊人的、巨大的白色鸟卵，每一枚长约6英寸，而且容量超过1.5品脱*。这一窝大概有30枚卵，它们杂乱无章地躺在巢里。我看着它们，做了一个粗略的估算。从蛋白和蛋黄的含量来说，这一窝卵相当于500只鸡蛋。然而，这并不是一个特别大的巢，上个季度，一位牧场工人发现一个巢里有53枚卵，而

---

* 1品脱约等于0.568 3升。——编注

W. H. 赫德森*记录的一个鸟巢里足足有 120 枚鸟卵。

毫无疑问，鸟巢里的卵并不是来自一只雌鸟。当仔细观察这个鸟巢时，我们得出结论，雄鸟"后宫"的所有成员都为此做出了贡献。我可以看出这些卵的大小略有不同，较小的卵应该是由较年轻的雌鸟所产的。

我的脑海里浮现出诸多疑问。我知道雄鸟选择了筑巢地点，并在雌鸟产卵后负责孵化，但它所有的妻子是如何知道

鸱鵼的鸟巢

---

* W. H. 赫德森（1841—1922），英国作家、博物学家、鸟类学家，著有《远方与往昔》《绿色寓所》等。——编注

它在哪里筑巢的？产卵过程又是怎样安排的，以便让所有的雌鸟不在同一时刻产下卵，或者连续几天都不往巢中添加新的卵？不幸的是，我们无法通过观察这个特殊的巢穴来找到这些问题的答案，因为卵是冷的。它被遗弃了。

三天后，为了近距离地欣赏朱红霸鹟，我们走进一片生长在河岸上的星花凤梨，一只鸫鹟突然在我们面前跳起来，噌的一声跑了出去，消失在高高的草茎之间。在几码之外，我们发现了它的巢穴，里面只有两枚鸟卵。如果我们继续监视它，也许我们会很幸运地看到鸫鹟是如何安排产卵的。

根据以往的经验，我们决定把这辆车当作藏身之处。30码外的一个斜坡是最好的观察点，我们在那里可以俯视鸟巢。然而，这里的星花凤梨实在过于繁盛，以至于在几英尺远的地方就看不到鸟巢了。我们只能小心翼翼地砍掉几棵较高的茎，使这里成为一条狭窄通道的起点，顺着这条通道，我们就可以观察鸟巢了。我担心如果一次砍得太多，雄性鸫鹟会不适应鸟巢周边环境的巨大变化；一次砍一点，可以让它逐步地适应。

接下来的几天早晨，我们都会回到现场，每次把车停在完全相同的位置。只要鸫鹟一离开巢穴，我们就不断地扩大和完善从卡车到鸟卵之间的狭窄通道。我们知道这些活动并没有打扰鸟儿，因为每天早晨我们都会看到一枚新下的鲜黄色的卵，它与剩下的那些褪成象牙色的卵形成强烈的对比。第五天早晨，我们的通道终于打通，我们开始守望。

截至目前，我们自认为已经很了解那只雄性鹡鸰了，为它取名为"黑脖子"。此时，它正坐在鸟巢上，尽管我们已经对周边的草丛做了那么多修剪，但还是很难一眼看到它，因为它的灰色羽毛与周围的草和星花凤梨巧妙地杂糅在一起，而且它还折起长长的脖子，将头枕在肩上。只有那双明亮的眼睛才能显示出它的存在，即使这样，如果我不知道该看向哪里，我也根本注意不到它。我们开始了漫长的等待。

两个小时后，黑脖子仍然一动不动。太阳升了起来，气温开始升高。我们刚到的时候还在露天牧场吃草的奶牛，现在已经退到了我们身后的桉树林的树荫下。鸟巢的另一边，一只正在溪流中捕鱼的苍鹭发出响亮的拍打声，看来早餐时间结束了。黑脖子一动不动地坐着。每隔几分钟，我就举起望远镜，希望能看到它做些有趣的事情。然而它唯一的动作只有眨眼。

我们已经在车上观察了两个小时。这只鸟肯定还没有开始孵卵。它身下最多只有 6 枚鸟卵，远没有达到孵化的数量。我们右边的山头上又出现六只鹡鸰，它们正在悠闲地吃草。它们都是雌性，是黑脖子的后宫。它们慢慢地朝我们走来，然后又消失在天际线上。

这时，黑脖子站了起来，它稍作休整，然后慢慢地朝着妻子们的方向走去。

接着，我们又陷入漫长的等待。黑脖子在九点钟离开，直到十二点，我们还没有见到它和它的后宫。十二点一刻，它在一只年轻雌鸟的陪同下在山头漫步。它俩一起走向鸟巢。我想这可能是黑脖子带领或护送它的伴侣前往鸟巢，但是无法确定是不是这样。不过，由于它后宫里的妻子比巢里的蛋还多，那只雌鸟很可能以前从未自己来过这个巢，那么黑脖子一定是在告诉它巢在哪里。

不管它以前有没有来过这个鸟巢，到达后它似乎并不怎么满意。它仔细检查了几分钟，然后弯下脖子，从鸟卵中捡起一小根羽毛，轻蔑地把这根羽毛从肩上甩过去。黑脖子站在雌鸟旁边，默默地看着它对鸟巢做了一两处改动。尽管雌鸟花了一些时间做整理，但是这个巢似乎仍然没有获得它的认可，因为它穿过高高的星花凤梨，朝左边走去。黑脖子默默地跟在它后面。

它们走了大约100码，突然，雌鸟坐下来，几乎消失在高高的草丛里。一直带领着雌鸟的黑脖子转过身，面对着它和我们，开始左右摇晃它的头。大多数求偶炫耀的动作，都是为了展示鸟儿自己的特色；当然，黑脖子表演舞蹈也是为了在它的伴侣面前炫耀光鲜的黑色颈纹和肩膀周围的羽毛。

黑脖子朝雌鸟走近一步，它们的脖子越靠越近，直到最后像蛇一样缠绕在一起，如痴如醉地摇晃了几秒钟。接着，那只雌鸟又趴到地上，黑脖子把脖子挣脱出来，骑在雌鸟的身上，然后低下头。它们这样维持了几分钟，我们只能看到一团灰色的羽毛。它们分开后，黑脖子朝山上走去，漫不经心地啃食一些星花凤梨的果实。雌鸟站起身来，走到黑脖子旁边，它们拍打着翅膀，又整齐地将翅膀收回去。它们一起回到巢里。雌鸟又一次弯腰看了看鸟巢，但它没有坐下，接着，这对鸟儿向右朝着后宫的方向走去。

鸟巢再一次安静下来，鹈鹕也不见踪影。我们静静地坐在那里，固执地决定要看一只雌鸟生蛋。显然，我们刚刚已经看到了整个过程的第一部分，目睹雄鸟把鸟巢展示给它的一个妻子，然后和妻子交配。如果这是黑脖子与那只雌鸟的第一次交配，那么雌鸟在今后的几天内都不会产卵。不过，我们所看到的交配也许只是求偶炫耀的延续，是用来刺激产卵的。我们对此一无所知。

整整三个小时，鸟巢旁都没有动静。四点钟的时候，一只雌性鹈鹕从右边的星花凤梨丛中出现，跟在它后面的是黑脖子。它们径直走向鸟巢。我们分不清这只雌鸟是不是早上的那一只。它先是检查一下鸟巢，从里面取出几片干树叶，然后慢慢地把头和脖子立起来，整个身子缓缓地坐在鸟巢上。

黑脖子和它的一个妻子

　　我从来没有想过，一只雄鸟在它的配偶产卵时会做什么。在我的想象中，大多数雄性那时都不会在场，对这件事完全不在意。然而，黑脖子并非如此。雌鸟产卵时，它在巢后踱来踱去，看上去像医院产房外的父亲一样焦躁不安。雌鸟扇了一两下翅膀，随后将头垂到地上。几分钟后，它站起来和黑脖子重新会合，一起离开鸟巢。

　　它们走后，我悄悄地下车，往鸟巢走去。在巢的边缘，我看到第七枚鸟卵，它仍然是湿的，呈亮黄色。这只雌性体型硕大，产的卵也远远大于其他雌鸟的卵。毫无疑问，黑脖子晚上会回来，把它和其他鸟卵放在一起，守卫着它们过夜。

我们发动汽车，兴高采烈地返回住处。我们至少找到了一个答案，那就是雄鸟会领着雌鸟看巢的位置，也会组织雌鸟产卵。

但有一个传说，我们未能证实。桑迪·伍德告诉我们，当雄鸟有一整窝卵并开始孵化时，它会把其中一枚卵推到巢外。他称之为"厄尔迪兹莫"，也就是什一税。雄鸟会一直待在巢边，直到多数雏鸟孵化出来，然后它一脚将那枚卵踢碎，让蛋黄溅到地上。几天之内，这一小片土地上便到处都是蠕动的蛆，在幼雏最需要能量的时候，蛆为它们提供了完美的食物。真希望我们能在伊塔卡博待上足够长的时间，看到黑脖子也这么做。

第五章

浴室里的猛兽

对于动物收集者来说，没有哪个房间比浴室更实用。这是我在西非总结出的经验；当时我们入住的房间的浴室实在过于简陋，以至于我们毫不后悔地摒弃了它那形同虚设的功能，将其征用为临时的动物园。这间浴室唯一名实相符的地方在于那个矗立在红土地面中央，带有豁口的巨大陶瓷浴缸。它那配套的橡皮塞，被一根沉重的链条拴在黄铜制造的溢水口上；它的水龙头上大胆地标着"热"和"冷"，即使曾经有水流过这些已经失去光泽的维多利亚式喷嘴，那也一定是发生在更早、更特殊的情况下，如今它们不与任何管道相连，方圆几英里内唯一的"自来水"只有附近的一条河。

尽管这间浴室不值得称道，但是它为动物们提供了极好的住宿条件。一只毛茸茸的猫头鹰雏鸟快乐地坐在一根插在墙角的棍子上，它非常喜欢这种阴暗的环境，因为这里和巢洞里一样昏暗。六只肥胖的蟾蜍栖息在浴缸潮湿的低洼处，后来一条1码长的小鳄鱼占领那里，懒洋洋地躺在浴缸里。

说实话，浴缸并不是鳄鱼合适的家，尽管白天它无法沿着光滑的浴缸壁爬出来，但是一到晚上，它好像就能获得额外的能量，我们每天早晨都能看到它在地板上游荡。我们不得不轮流把它弄回浴缸，这成为早餐前的例行公事。我们把一条湿毛巾罩在鳄鱼的眼睛上，趁它还被蒙着的时候，从脖子后面把它提起来，忽略它愤怒的咕哝，将它放回陶瓷浴缸。

从那时起，我们就把蜂鸟、变色龙、蟒蛇、电鳗和水獭寄养在浴室里，后来在苏里南、爪哇和新几内亚时都是如此。当迪克·巴顿在伊塔卡博向我们展示一间布置得很优雅的私人浴室时，我感激地表示，这是迄今为止我们所拥有的最合适的房间。它的地面铺了瓷砖，墙壁用混凝土筑成，门不仅结实，而且严丝合缝。它配备了一个带有多功能花洒的浴缸，还安装了抽水马桶和洗手盆，真是潜力无穷啊！

虽然第一次坐上公司的飞机，我就知道返回亚松森时，飞机上没有任何空间可以安排给我们收集到的动物，但是随着时间的推移，加上对飞机大小的精确记忆逐渐模糊，我设法说服自己，飞机上一定能容下一两只小动物，不充分利用浴室的潜力似乎是极大的浪费。

一天，暴雨刚刚结束，我在牧场上骑马，路上遇到浴室的第一位房客。当时围场已经被雨水淹没，低洼处形成一个个宽阔的浅水坑。经过其中一处时，我注意到水面上有一张像青蛙一样的小脸一本正经地打量着我。可我一下马，小脸立刻消失在浑浊的漩涡里。我把马拴在篱笆上，坐下来等着。很快，这张脸又出现在水坑的另一边。我绕过水坑朝它走去，刚走到能辨别出这个好奇的小动物到底是什么的地方，我就发现这不是一只青蛙。它又一次消失，从水里游走，只留下一条浑浊的线。后来，小家伙停下来，这条痕迹也随即终止。

我把手伸进水里，拿起一只小龟。

它腹部的黑白花纹非常美丽，脖子特别长，以至于不能像陆龟一样向里直接缩回去，而是要向侧面弯曲。它是一只侧颈龟，虽然不是什么稀罕物种，但是很有吸引力；我相信我们一定能在飞机上为这个小巧而迷人的家伙找到一席之地，实在不行的话，就让它在我的口袋里来一次旅行吧。在浴室里放上半缸水，搁上几块鹅卵石，这样它游累时就可以爬上去休息，浴缸对它来说会是一个完美的家。

两天后，我们在一条小溪里替它找到一个伴侣。当它俩纹丝不动地躺在浴缸底部时，每一只都展示出两条亮丽的黑白相间的小肉垂，这肉垂像律师帽子上的带子一样从它们的下巴上垂下来。如果主人愿意的话，这些奇怪的附属物还能随意地运动。侧颈龟像石头一样静静地趴在水里时，这些附属物可以充当诱饵，吸引小鱼靠近侧颈龟致命的嘴部。但是我们的小龟没有必要使用它们，每天晚上，我们都会从厨房要一些生肉，然后用镊子喂给它们。这些小家伙会急切地伸长脖子，把肉吃进嘴里。一旦它们吃完晚饭，我们就把它们从水里拿出来，让它们在铺着瓷砖的地板上闲逛，而我们则恢复浴缸最传统的功能。

我特别想知道，在阿根廷这一地区生活的犰狳是哪一种，因为它可能是在巴拉圭找不到的犰狳。迪克说牧场上有两种常见的物种，一种是我们在库鲁瓜提发现的九带犰狳，但是另外一种被他称作"穆利塔"或者"小骡子"，这听上去非常陌生。迪克答应我们，如果工人们碰到这种犰狳，他就让他们带一只来。第二天，工头就抱着一只不停扭动的穆利塔来到我们的住处。

据我们所知，这是一个在巴拉圭没有的物种，这个结论让我们异常兴奋。尽管它的外形与九带犰狳大体相似，但是背部中间只有七条分开的有关节的板带，外壳也没有那么光亮和平滑，而是非常粗糙，呈黑色，有许多疣状突起。我们一定要在飞机上给它找个地方。饲养四胞胎的经验告诉我们，犰狳是一种强大且锲而不舍的穴居动物，除了最坚固的笼舍，任何东西都会被它们摧毁。在铺着瓷砖，宽敞又安全的浴室里建一个笼子，似乎没有什么意义，特别是在浴室里还没有多少房客的时候。我们收集了一堆干草，把它和一盘拌着牛奶的碎牛肉放在马桶旁边的角落里，然后把穆利塔带到它的新家。它径直跳进干草里，在我们看不见的地方来回扭动，让那堆东西不停地翻腾，就像暴风雨下的海面一样。兴许是玩累了，过了一会儿，它伸出脑袋，循着肉味快步走到盘子那里，大快朵颐起来。由于吸得太快，它的鼻孔里不停地喷出奶泡。我们看着它吃完晚饭后，便安心地回到卧室休息。一想到即将有第二种犰狳加入四胞胎，我们就不由自主地高兴起来。

第二天早上，我走进浴室里剃胡子，却发现穆利塔不见了。我原本以为它在干草里睡觉，然而当我查看的时候，它并不在那儿。浴室又阴冷又干净，它会躲在哪里呢？我检查了浴缸下面、抽水马桶后面，以及毛巾架和洗手盆的底部，找遍所有可以藏身的地方，都没有发现它的身影。浴室没有出口，它不可能逃走。唯一的解释只可能是，一个仆人打开门，无意间让它溜走了。迪克听闻后非常不高兴，询问了所有的仆人，但是那天早上谁都没进过浴室。早饭后我们又找了一次，穆利塔的确消失不见了，但我们想不通它是如何做到的。

　　两天后，我们迎来了第二只穆利塔。这次是一只雌性。我们把它放在浴室里，那天夜里，每隔一小时，我就进去查看一下它过得怎么样。它看上去很舒服，和它的前任一样吃得特别开心。但是当我半夜再去看它的时候，它也消失了。我确信它一定在浴室的某个地方。我叫来查尔斯和迪克，展开仔细的搜查。或许，它以某种神秘的方式跳进了抽水马桶里。我们把院子外面的井盖掀起来，也没有发现它的踪迹。我们在浴室的地面上爬来爬去，查看那些不容易看到的栅栏或缝隙，但是仍然一无所获。最后，我们在马桶的底部和墙壁之间的小空间里发现了一条黑色的、带有疣状突起的尾巴。原来，它钻到马桶的空心陶瓷基座里，把自己紧紧地抵在里面，所以想把它弄出来异常困难，我们不得不使出在库鲁瓜提学会的挠痒术。当它最终被解救出来时，查尔斯凝视着陶瓷空洞，惊奇地发现它竟然可以把自己挤进这样一个狭小的空间。

他往后一坐，乐了起来。

"快看。"他说。在一个几乎隐藏在地基松散土壤中的隧道底部，我看到一个黑色的凸起。这是第一只穆利塔。只有犰狳才能发现浴室防御系统的这一点漏洞吧，但我确信，只要稍加调整，这间浴室仍然是一个完美的家，即使对于像穆利塔这样的越狱专家来说也是如此。我在洗手盆里放了半盆水，把侧颈龟转移到这里，然后把浴缸的水放完，在里面铺上干草，将两只穆利塔放进去。它们在干草间跑来跑去，在光滑的陶瓷上不停地打滑。它们把鼻子伸进出水孔里，在黄铜边上试探着抓了一两下，认为它不适合挖掘，最后乖乖地安顿下来，钻进干草里睡觉了。

我们关上灯，回到卧室。

"你知道吗？"迪克说，"我很遗憾我们发现了它们。我相信它们原本会给未来的客人带来很多既快乐又有教育意义的时光。毕竟，并不是每间浴室都有常驻的犰狳。"

———

在离房子半英里远的地方，有一条很深的溪流，它蜿蜒流经牧场，两岸长满茂盛的芦苇和倒垂的杨柳。它时而在狭窄的沙堤间荡漾，时而在天然形成的石坝上溅起白色的水花，但在大多数情况下，它都是从一座波光粼粼的、平静的池塘轻轻地流向另一座池塘。苍鹭和白鹭站在溪水齐膝深的浅滩上捕鱼；蜻蜓掠过水面，捕食蚊子和蠓虫，翅膀闪烁着彩虹般的光泽；在更加僻静的河段，一群群野鸭排成漂亮的纵队，漂浮在水面上。这些景象都是我们自己看到的，但迪克告诉我们，在一个特别的地方还可以找到水豚。

这真是个令人兴奋的消息。我和查尔斯一直想拍摄野生状态下的水豚，它们与我们在圭亚那拍摄和收集到的那种被驯服的水豚截然不同。

水豚虽然不是什么稀有的物种，但是因猎杀而变得非常胆小和谨慎。它们被大肆猎杀，既是因为它们那一身肉让人想起小牛肉的味道，也是因为它们的皮毛异常柔韧，非常适合做围裙和马鞍布。

"在这里不会遇到任何困难，"迪克自信地告诉我们，"这里有几百只水豚，并且这里禁止捕猎，所以它们胆大包天。任何人都能用布朗尼相机给它们拍一张照，更不用说你们这些复杂的设备了。"

我们对这句话持保留态度。以前总有人对我们说这样的话，但这通常预示着附近所有的动物会立即消失，我们作为鹰眼观察家的能力也由此遭到普遍质疑。但是，第二天我们还是带上最精良的镜头，做好最坏的打算，根据迪克指示的方位开车来到小溪边。我们绕过一片桉树林，突然就到了那个地方。查尔斯小心翼翼地把车停下来，我用双筒望远镜扫视着溪岸上的树丛。我简直不敢相信自己的眼睛。尽管迪克的描述基本上符合事实，但它也与我见到的有所不符。

上百只水豚趴在水边的草地上，如同布莱克浦假日海岸上的沐浴者一样拥挤。母亲们蹲坐在地上，溺爱地看着它们的孩子们在周围嬉戏打闹。老绅士们则在一旁独自打盹，把头埋在伸出的前腿上。年轻的雄性漫无目的地在家族成员间闲逛，有时会去打扰一些打瞌睡的前辈，然后在卷入打斗前匆忙地跑到安全的地方。这时的天气异常炎热，大多数水豚都没有心情进行剧烈的运动。

我们驱车慢慢地靠近。一两只年长的雄性水豚弓起腰，严肃地盯着我们，然后转过身去继续睡觉。从侧面看，它们的头几乎呈长方形，肩膀上长着蓬松的、略带红色的鬃毛。在它们的鼻孔和眼睛之间的吻部，有一个明显的红肿的腺体，这是雌性所没有的。它们气质高贵，神情高傲，让我想起的不是它们的老鼠之类的啮齿目亲戚，而是草原之王狮子。

一位母亲慢慢地走到河边，它的六个孩子跟在它后面，排成一列纵队，进入清凉的河水中。我们现在离得很近，发现游泳的水豚和晒日光浴的几乎一样多。它们或是悠闲地漂浮着，或是漫不经心地来回游动，似乎除了享受之外没有别的目的。一只年长的雌性站在齐腹深的水里，若有所思地咀嚼着百合叶子。整群水豚中仅有一只年轻的雄性水豚在快速地游泳。我们看着它游过宽阔的河面，脖子后方形成一条弓形的波纹。突然，它沉入水中。我们顺着涟漪追踪它的航线，只见它突然跳出水面，大口地喘息，旁边是一只漂亮的雌性水豚，后者刚才一直端庄地漂浮在靠近对岸的水面上。雌性水豚见状立刻游走，它俩像帆船模型一样排成一排，只露出棕色的头，在河水中竞速。它试图通过潜水避开雄性，然而雄性也做出同样的动作，当它再次浮出水面时，雄性仍然在它身边。这段水中调情持续了十分钟或者更久，雄性用技巧和热情追求着它。最后，它不再拒绝，它们在一棵柳树下的浅滩上结为一对。

那天早上，我们拍摄了两个小时；接下来的几天里，我们几乎每天都会去小溪边观看，它们是一道靓丽的风景。世界上没有其他地方能有这么多水豚如此接近文明的社会。

矛盾的是，曾经在阿根廷最常见的、和兔子差不多的名叫毛丝鼠的动物，现在在伊塔卡博却非常罕见。

赫德森在七十年前曾经写道，在南美大草原上的某些地方，一个人骑着马跑上 500 英里，每隔半英里就能看到毛丝

河边的水豚

鼠的一个洞穴，在有的地方甚至一次能看到一百多个洞穴。毛丝鼠的泛滥，很大程度上是牧场主自己种下的恶果。他们猎杀了大量的美洲豹和狐狸，而这些动物正是毛丝鼠的天敌，于是毛丝鼠能够不受干扰地繁殖。然而，牧场主很快便意识到，成群的毛丝鼠正在消耗大量的牧草，破坏了牧场，一场激烈的战争由此揭开帷幕。他们将溪流改道，淹没它们的洞穴，然后用乱棍打死冲到地面的毛丝鼠。这些被当地人称为 *viscachera* 的洞穴被挖开，人们用石头和泥土堵住隧道，动物们被困在地下活活饿死。但是，当猎人采取这种方法时，他们需要整夜守在被破坏的洞穴旁，这是因为居住在附近的毛丝鼠能以某种神秘的方式觉察到它们邻居的困境，如果不加以制止，它们会帮助被埋的同伴清理地道。如今，毛丝鼠已经所剩无几。尽管迪克可以很容易地让它们在伊塔卡博全部消失，但他还是在牧场边缘的角落留下一个种群，某一天临近黄昏的时候，他开车载着我们去寻找这些小家伙。

半个小时后，我们驶离有车辙的土路，穿过一片高大的蓟草丛，在长满草丛的草皮上颠簸。他停下车，在20码外有一座裸露的小土丘，上面杂乱地堆放了一些石头、干柴和树根。在土丘的底部，我们看到十几个大洞。

这些石堆并不是天然形成的裸露在地面的岩层，而是毛丝鼠自己堆积的。这些家伙简直是收集狂魔。它们不仅把从洞穴里挖出来的石头和树根都拖到土丘的顶部，而且把在牧场上发现的任何有趣的、可移动的东西都收集起来。如果一个牧场工人在外出骑马时丢了什么东西，那他一定能在这个杂乱却珍贵的"博物馆"里找到它。

现在这些动物仍在地下，正在迷宫一般的隧道里打盹呢。只有晚上它们才出来，在黑暗而安全的环境里觅食。

天气凉爽怡人。微风拂过我们的脸庞，星花凤梨随风摇曳，发出沙沙的响声。远处的天际线上出现了四只美洲鸵，它们缓缓地朝我们走来，随后趴在一片裸露的沙地上，展开毛茸茸的翅膀，低下头尽情地享受沙浴。凤头距翅麦鸡的叫声越来越小，最终归于沉寂，鸟儿成双成对地在巢边安顿下来。巨大的深红色太阳慢慢下沉，直至与地平线的直线相交。

尽管洞穴的建造者还没有出现，但这座土丘绝不是荒废的。一对穿着条纹背心的穴小鸮忽闪着明亮的黄色眼睛，像哨兵一样笔直地站在石堆顶上。虽然这些鸟完全有能力挖掘自己的巢穴，但它们经常会占用毛丝鼠偏远的洞穴，并把洞顶的石堆作为哨岗，观察它们周围的情况，捕食啮齿动物和昆虫。

这两个家伙似乎在远处有一个自己的洞穴，它们非常介意我们的存在，不停地转动着脑袋，愤怒地眨着眼。有时它们会失去勇气，飞快地跑回洞里，不过几分钟后会再次出来，然后继续盯着我们。

它们不是这个洞穴唯一的房客。几只小小的掘穴雀在洞口周围低矮的草地上扑扇着翅膀。它们在狭长的隧道里筑巢，但由于牧场上几乎没有其他合适的地点，它们就在毛丝鼠洞穴的侧面，在靠近洞口的地方挖掘。它们和橙顶灶莺是近亲，也和后者一样，会每年给自己建一个新巢；但是旧的隧道并不会被浪费，因为它们已经被那些在洞口滑翔和俯冲的燕子所接管。事实上，毛丝鼠的洞穴是周围大多数野生动物活动的中心。当房客们在柔和的夜光下散心时，我们耐心地等待房东的出现。

地洞旁的穴小鸮

我们没有看到它从哪里出来，而是突然发现它出现在我们的视野中，像一块灰色的大石头一样蹲在一个入口旁。

它看起来像一只发福的灰色兔子，只不过耳朵很短，鼻子上有一条宽宽的黑色横条，让人觉得它好像试图侧着头钻过一道刚刚刷过漆的栏杆。它用后腿搔了搔耳根，不停地咕哝着，并抽动着身子，露出自己的牙齿。然后，它笨拙地跳到土丘的顶部，环顾四周，检查一下自从它最后一次登上土丘以后，这里发生了什么变化。当它确认一切安全后，便开始小心地上厕所，然后坐起来，用两只前爪搔着自己奶油色的肚子。

查尔斯小心翼翼地爬下车，抱着摄像机和三脚架，一步一步地慢慢接近它。毛丝鼠将注意力从肚子转移到自己的长胡须上，仔细地梳理它们。查尔斯越走越快，因为太阳正在迅速下沉，他急于在光线减弱到无法摄影的程度之前走近它。尽管他移动得很快，但毛丝鼠依然非常镇定，最终查尔斯把摄像机架在了离它不到 4 英尺的地方。那些穴小鸮惊呆了，愤怒地盯着我们，从几码外的草丛中退了回去。焦虑不安的掘穴雀在我们的头顶飞来飞去，发出叽叽喳喳的叫声，但是毛丝鼠丝毫不受影响，稳如泰山地坐在那祖传的石头宝座上，如同皇室成员在为自己的肖像画摆姿势。

我们在伊塔博卡的时间非常短暂。两周后，公司的飞机将我们接回亚松森。这是一段舒适而迷人的小插曲，我们很遗憾这么快就要离开。我们不仅带回了穆利塔、侧颈龟、牧场工人送的一只被驯养的小狐狸，而且带回了令人难忘的记忆和影片，里面有橙顶灶莺、穴小鸮、距翅麦鸡、鹈鹕和毛丝鼠，然而最值得铭记的还是那一大群水豚。

第六章

追踪大犰狳

站在亚松森以鹅卵石铺就的斜坡上，你可以俯瞰挤满了船只的码头，目光越过棕褐色的、宽广的巴拉圭河，便能看见一片广袤而平坦的荒野。它起源于巴拉圭河的对岸，向西延伸500英里，越过地平线和玻利维亚边境线，抵达安第斯山麓。这就是大查科地区。一年中的大部分时间里，这里尘土飞扬，仙人掌丛生，是一片干燥的沙漠；然而一到夏天，它就会被暴雨和安第斯山脉上融化的雪水所淹没，形成一片巨大的沼泽，蚊虫泛滥。我们决定在这个非凡的区域结束此次的巴拉圭之行。在亚松森，几乎每个人都会和你说上几句大查科。大多数人描述的内容是它如何可怕；也有些人给我们列了一些听上去用不上的必备物品清单；还有一些人直接劝我们不要去那儿，并给出诸多令人不得不信服的理由。

　　关于大查科，大家只在一件事情上达成共识：那里的天气异常炎热。因此，我们的准备活动从寻找两顶草帽开始。我们先去了码头边的一家小商店，小店橱窗外是一个阴凉的柱廊，里面摆满各式各样廉价的服装。

　　"Sombreros（有帽子吗）？"我们问道。真好，这次我们不用再为西班牙语交学费了，因为这个店主曾经到过美国。他虽然年轻，却很肥胖，没刮胡子，长着乌黑浓密的卷发，牙齿稀疏，戴着一条松散的领带，显示出一种独特的布鲁克林风格。他给我们提供了又便宜又实用的帽子。然而，我们却很不明智地告诉他为什么要买帽子。

"查科，真是一个糟糕的地方，"他津津有味地说道，"天哪，那儿的蚊虫非常非常凶残，不仅如此，还非常非常多，你随手就能在空中抓到一把。你们应该买一个最上等的特大号蚊帐。Amigos（朋友），它们会吃掉你们的。"

他关闭话匣，沉醉在他描述的幻象中，满脸笑容。

"我要你说的那个优质的特大号蚊帐。"我们买了两个。

他狡黠地倚靠在柜台上。

"那儿的夜晚非常寒冷，"他说，"天哪，你们会被冻僵的。不过别担心，我从亚松森批发了上好的披风。"

他拿出两条廉价的毯子。它们的中间被划了口子，这样你就可以把它们套在头上，当作披风了。我们把它们买下来了。

"你们的装备充足吗？像加里·库珀*一样吗？"

我们不得不承认我们确实没有。

"不要紧，你们可以学习。"他急忙说道，"你们需要bombachos（马裤）。"他拿出两条皱巴巴的宽松马裤。我们开始觉得这轮推销有点过分了。

"Muchissima gracias（非常感谢），没必要。"我们抗议

---

* 加里·库珀（1901—1961），好莱坞著名影星，出演了很多经典的牛仔形象。——译注

道，"我们穿英式长裤就可以了。"

他苦着脸，显出极度痛苦的样子。

"朋友，你说没必要。你们这样会受伤的，很严重的伤。你们必须要有一条马裤。"

我们放弃抵抗。然而，我们的屈服让他更加得寸进尺。

"非常棒，你们有了非常漂亮、非常可爱、非常高档的马裤，"他若有所思地说道，好像是在祝贺我们非常识货地挑选了它们，"但是，查科的仙人掌和灌木丛有很多尖刺。"他一边说一边用手在半空中比画，好让我们更明白。"它们会把你们的马裤撕成碎片的。"

我们等着他接下来的推销。

"不用担心，"他大声说道，然后像魔术师从帽子里变出兔子一样，从柜台下面拿出两条皮裤，"*Piernera*（皮裤）。"

我们被彻底击溃，又买下两条皮裤。现在我们全身上下没有一处不穿着他推销的东西，但是他似乎并不打算就这样结束。他趴在柜台上，不动声色地上下打量着我们。

"你们没有肚子，"他悲伤地总结道，"但是，"他又坚定地补充说，"我认为你们需要 *faja*（腰封）。"他随即从身后的架子上拿了两卷厚厚的编织物，它们大约有 6 英寸宽。"我给你们演示演示。"他拿出其中一卷，在自己的大肚子上绕了三圈，然后沉迷于哑剧表演中，好像在马背上不停地颠簸。

"你们快看，"他得意扬扬地说，"这样就不会撞击到肚子了。"

我们彻底被打败，背着这些沉重的东西仓皇逃离这家小店。

"虽然我不知道这些东西能在查科起多大作用，"查尔斯说，"但我坚信穿上这些一定能在化装舞会上大获全胜。"

———

这些稀奇古怪的衣服并不是被推销给我们的唯一装备，如果我们想要在被人戏谑地称为"*L'Inferno Verde*"——绿色地狱的地方幸存下来，当地人认为有一些东西不可或缺。为此，我们购买了如下物品：一种特殊的半高筒靴，据我所知，如果没有它就没法骑查科的马；二十四瓶没有贴标签的难闻的黄色液体，店主保证这些是部队剩下的强效驱虫剂；几截查尔斯在市场上偶然发现的厚橡皮筋，他对此毫无抵抗力（"老家伙，这东西在装陷阱时非常有用"）；大量的抗蛇毒血清（加上一只相当大的皮下注射器），这是在一个友善但悲观的巴拉圭朋友的敦促下购买的；还有一箱罐头，我们提起它的时候，感觉里面好像灌满了铅。

万事俱备，只欠东风。我们找到桑迪·伍德工作的旅行社，再次将他聘为翻译，然后设法弄到三张飞机票，飞往查科中部一处偏僻的牧场。

我们还有三天才离开亚松森，于是决定好好利用这段时间，去寻找巴拉圭一种特有的财富——巴拉圭音乐。三百五十年前，当第一批西班牙移民和耶稣会传教士来到这个国家时，他们发现瓜拉尼印第安人只有一种原始的音乐形式——它朴素而单调，节奏缓慢，音调低沉。传教士们把欧洲乐器介绍给他们的信徒，瓜拉尼人迅速而热情地学习演奏这些乐器。他们潜在的音乐才能很快被激发出来，升华为广泛的热情。他们吸收了多种新的欧洲风格，如波尔卡、加洛普、华尔兹，使传统音乐变得新鲜而独特，时而节奏鲜明，时而婉转悠扬。他们还开始制作带有自我风格的乐器。他们保留了吉他，却把竖琴改造成一种全新的乐器。他们的竖琴由木头制成，小巧轻便；它不同于欧洲音乐会上用的那种竖琴，没有踏板，因此表演者不能演奏半音。不过这丝毫没有造成障碍，巴拉圭的竖琴演奏家充分发挥它的无限潜能，不仅可以演奏出令人印象深刻的优美旋律，还能对弹奏出的音调进行丰富的修饰，比如用手指轻轻地拨扫琴弦，以产生扣人心弦的滑音，或者拨动低音弦，增加令人兴奋的节拍。我曾在到访欧洲的巴拉圭乐团制作的唱片中，听过这种令人陶醉的音乐。但是现在，我想听原生态的现场演奏。

我们打算前往离亚松森几英里远的卢克村，看望巴拉圭技艺最娴熟的一位乐器制造者，他在那里居住和工作。他的小屋被芳香四溢的橘树林所包围，这是巴拉圭富饶美丽的一个缩影。他独自坐在工作台上，不慌不忙地打磨着竖琴，动作充满爱意，这才是真正的工匠。两只温顺的鹦鹉在他身后马厩的橡子上荡来荡去，花园里的木架上还栖息着一只宠物鹰。我们坐在橘树下，他的妻子端来凉爽的马黛茶。当我们传递着马黛茶时，乐师用刚刚造好的吉他演奏了一曲。附近农场的两个小伙

吉他工匠

子也参与进来，他们弹唱了一个多小时，高亢的嗓音如同马黛茶一样，苦涩中夹带着些许甜美，这是典型的巴拉圭风格。相较于邻国巴西，这里的音乐更加柔和，充满迷人的交叉节奏和切分音，没有那种刺耳的、近乎野蛮的节奏。巴西音乐里有很多非洲元素，而鲜有非洲人生活在巴拉圭。最后吉他传递到我的手上，老人让我弹奏 "*una cancion inglesi*"（一首英国歌曲）。我尽最大的努力给他们弹唱了一曲。

这把吉他非常精美，音色也很圆润。我爱不释手，就委婉地打听能否买下它。

"不行，不行。"老人激动地回应道，这让我一度非常担心是否冒犯了他，"我不能让你买这把，它不够好。我会专门为你做一把，它的声音会像丛林里鸟儿的歌声一样优美。"

一个月后，当我们结束查科之旅，回到亚松森时，我发现吉他已等候多时。它是用巴拉圭森林里的上等木材制成的，在指板的顶端，老工匠还用象牙镶嵌了我的姓名首字母。

第二天，我们在城市中心的一间酒吧里遇到桑迪，显然，他正在为前往查科做准备，在即将忍耐数周干旱的煎熬前先彻底放松一下。他给我们也点了一瓶啤酒。

"顺便说一句，"他说，"昨天一个小伙子来到我们旅行社，问是不是有几个男人对犰狳特别感兴趣。他说他有 *tatu carreta*。"

我差点被啤酒呛死。*tatu carreta*，这是当地对大犰狳的称呼。它是一种雄伟的动物，差不多能长到 5 英尺长，而且极其罕见，从未活着被人带到英国，甚至也很少有人见过活的大犰狳。我不敢奢望能够找到它，除非情况非常乐观。

"那人在哪里？他喂它吃什么？它健康吗？他有什么要求？"我兴奋地向桑迪提出一连串问题。他淡定地喝了一大口啤酒。

"好吧，其实我也不知道他现在在哪儿。不过，如果你们感兴趣的话，我们可以去找他。我也没有见过他。"

我们冲到旅行社，找到和那个男人沟通的店员。

"他只是闲逛进来，"店员说道，他对我们的兴奋感到惊讶，"然后问英国人会付多少钱买一只大犰狳，他手上有一只。我不知道你们是否感兴趣，所以他说他改天再来。他叫啥呢？我想想……他叫阿基诺。"

一个整天坐在旅行社门口台阶上消磨时光的闲人加入我们的谈话。

"我记得，他有时会在码头边的一家木材公司打零工。"

我们激动地叫来一辆出租车，根据线索去码头找他。在木材公司的办公室里，我们得知阿基诺三天前搭乘一辆满载原木的货轮来到这里。他家在北边 100 英里外的河边小镇康塞普西翁，但他并没有随身携带一只大犰狳。那么它一定还在康塞普西翁。他们说，阿基诺几小时前乘船回去了。

我们必须尽快找到他。根据以往的经验，我知道很多人只会把米或木薯扔进他们捕获的动物的笼子里，如果动物不吃，他们就认为它生病了，不再搭理它。这只罕见的动物此刻很可能正在康塞普西翁的某个地方忍受着饥饿，随时会有死亡的危险。我们必须找到它，并确保它得到适当的照顾，然而只有两天的时间，因为我们不能放弃已经安排好的查科之旅。

我们飞奔到航空公司。第二天，一架飞机计划飞往康塞普西翁，机上还有两个空位。我决定带上桑迪去接它回来，查尔斯则留下来，为查科之旅做最后的准备。

第二天早上七点，飞机飞离亚松森，一个多小时后，我们在康塞普西翁降落。那是一个安静的小镇，尘土飞扬的街道两旁矗立着简陋的、刷着石灰的土砖房。我们直奔镇上的唯一一家旅馆，因为桑迪认为这是我们开始侦探工作的最佳地点。院子里挤满喝咖啡的人。我想一桌桌地向他们打听是否认识一个叫阿基诺的人，因为我们没有多少时间，但桑迪坚持说这样做非常不礼貌；这里的大多数人都是他的老朋友，如果他不礼貌且从容地和他们打招呼的话，他们会觉得自己被冒犯。他挨个儿把我介绍给他的朋友们。我耐着性子，礼貌地寒暄几句。

桑迪解释说，我对大犰狳很感兴趣，大家都认为这很不寻常。但是，桑迪后来的话让他们觉得简直不可思议，他说我不仅对大犰狳感兴趣，而且想得到一只活的犰狳。随后，他们对捕捉大犰狳的各种方法进行广泛的讨论。事实证明，这样的讨论徒劳无益，因为从来没有人见过这种生物，也从来没有人做过相关的工作，更从来没有人有过这样做的野心。因此，这个话题转向另一个问题：这个家伙一旦被捕获，人们应该怎么囚禁它呢？大家的普遍共识是，几乎没有办法困住它，因为它会挖开任何东西，除非把它囚禁在一只钢罐里。坐在我们旁边的服务员也兴致勃勃地加入讨论，他的话题是人们应该给犰狳喂什么吃的和喝的。我越发感到绝望，毕竟我只有二十四个小时来追踪它。最后，桑迪总算抛出谁是阿基诺这个话题。这里的所有人都认识他。目前，他还没有从亚松森回来。他是一个卡车司机，最近在一个德国人经营的伐木场伐木，伐木场在东边90英里处，靠近巴西边境。如果他真的捕获一只大犰狳，那么它无疑会在那里。

"能雇一辆卡车载我们去伐木场吗？"这个问题刚一问出口，我心想坏了，这很有可能会引发半个小时的讨论。幸好，这个问题很快解决。康塞普西翁全境只有一个人有卡车。他叫安德烈亚斯，大伙儿派了一个小男孩去找他。

在等待的间隙，我去了附近的一家商店，打算买些东西，用来喂即将看到的犰狳。尽管我只买到两罐羊舌和一罐炼乳（不含糖），但这些东西起码比较合乎犰狳的饮食习惯，这在其他犰狳身上已经得到证实。

半个小时后，安德烈亚斯来了。他是个年轻人，长着浓密的黑胡髭，头发油腻，穿着美式衬衫，上面印着鲜艳的花卉图案。他叫了一杯咖啡，坐下来和我们商议雇车的事宜。三杯之后，他欣然同意。不过出发之前，他要向他的母亲、妻子、兄弟及岳母报备一下行程，再给卡车加满油。事到如今，我越发觉得我们可能永远离不开这间咖啡厅了，不过安德烈亚斯真是一个言出必行的人，二十分钟后，他果然开着一辆崭新的大卡车出现在门口。我和桑迪挤进驾驶室，伴着响亮而刺耳的喇叭声，以及客人和服务员的呐喊声，我们呼啸着踏上征程。综合各方面因素，我认为我们抵达镇子还不到四个小时就能上路，已经非常不错了。

然而，我们迅猛的前进势头并没有一直保持下去，因为安德烈亚斯突然向右转了个弯，把车停在当地医院的外面。

他说昨天和一个从乌拉圭沿河而来的水手喝了一整晚酒。那个新朋友在酒吧犯了一个致命的错误，邀请一个姑娘喝甘蔗酒，不料站在他旁边的一个男人突然朝他的肚子捅了一刀。这个水手现在住在医院里，安德烈亚斯确信他会犯酒瘾，所以带了两瓶甘蔗酒，准备趁护士不注意的时候悄悄地塞到他的枕头底下。他探病的时间很短，但足以让我思考遵守当地习俗的重要性。

这条穿越森林的红土路上布满深深的车辙，到处是坑坑洼洼的大洞。安德烈亚斯不停地急转弯，设法避开大多数危险，很少放慢速度。每行驶几英里，我们就能看到一个公路养护站，按理说他们应该负责道路的维护。然而，没有一个人这样做，安德烈亚斯说指望他们修路不大现实。他们的工资非常低，不管修不修路，他们都能拿到工资；而且他们可以做其他一些事情，比如砍柴卖给路过的旅客，这样更加有利可图。可是在我看来，他们并没有这样做，大多数人都在路边的树荫下睡觉。天气非常炎热，我们在越来越崎岖的路上疾驰，如果不是牙齿在牙槽里咯咯作响，头不停地撞在驾驶室的顶棚上，我想我会同情他们。

我们在五点抵达伐木场。它其实就是一间小木屋，屋前停着几个用来运木头的大轮子，就是我们在伊莱弗夸见到过的那种。走得越近，我的心情越紧张。大犰狳还活着吗？我好不容易才克制住自己跑过去冲动。

小屋看上去好像已经被废弃。里面空无一人，别说犰狳，就连能关犰狳的笼子也没有。但是，这间小屋好像仍在被使用——里面有一件旧衬衫、三把闪闪发光的斧头、一些靠在木墙上沥水的搪瓷盘、一只带有镜子的巨大衣柜，还有一张挂在角落里的空吊床。想必德国人还在森林里工作。我们高声呼喊着。安德烈亚斯甚至吹响随身携带的号角。但是森林里没有任何回应。我们沮丧地坐在小屋的阴凉处，等待主人归来。

下午六点，一个人骑着马出现在前面路口的转角处。是那个德国人。我迫不及待地跑过去。

"大犰狳呢？"我焦急地问道。

他像看一个满口胡言的疯子那样看着我。那一刻，我猛地意识到，当天我们是找不到那只传说中的大犰狳了。

在一点推理的帮助下，桑迪梳理了整件事的经过，一切都变得令人沮丧。一个礼拜前，一个波兰人从森林的偏远地区来到这里，他在那儿为德国人调查木材的情况。晚餐时，他提到他曾经遇到一个美洲印第安人，这个人说自己在村子里享用了一顿丰盛的大餐，而主菜就是一只大犰狳。波兰人说他从未见过这种稀有的动物，当他回去的时候，他要问问美洲印第安人能否抓一只让他见识见识。从康塞普西翁来拉木材的阿基诺无意中听到他们的对话。显然，这让他想起一些流言蜚语——亚松森有几个英国人正在寻找犰狳。他一声不吭地开着车回到康塞普西翁，然后又去了亚松森。在那里，他根据那些流言找到桑迪工作的旅行社，为了增加谈判的筹码，他谎称自己捕捉到一只大犰狳。现在他一定在回来的路上，毫无疑问，他会从这个波兰人手里买一只大犰狳，然后把它带到亚松森卖给我们，赚取巨大的差价。德国人认为这非常有趣——不仅因为我们为了一只犰狳千里迢迢跑到这里，还因为我们在不知不觉中挫败了阿基诺发财的计划。他拿出一瓶威士忌，在大伙儿之间传递。

"Musik（音乐）！"他兴奋地吼起来，从衣柜中拿出一架巨大的手风琴。安德烈亚斯很高兴，两人合唱了一首完全跑调的《我的太阳》。我极其失望，心思完全不在他们的歌上。等到十点钟，我们终于说服安德烈亚斯，让他重新启动卡车。离开之前，我们向德国人承诺，如果他能捉到大犰狳，我们定会支付一个好价格，然后留下了两罐羊舌罐头和一罐不含糖的炼乳，并告诉他如何照顾大犰狳。

第二天，回到亚松森的时候，我已经从发现阿基诺的犰狳子虚乌有的那种极度失望的情绪中恢复过来。向查尔斯讲述这次追寻中遇到的故事时，我甚至发现自己开始变得乐观。尽管我们没有亲眼看到这个大家伙，但是我们至少和一个男人聊过，他雇了一个伐木工人，这个伐木工人遇到一个美洲印第安人，这个印第安人吃过一只大犰狳。这是真的。我坚持认为这只是一个小失误，而且我已经请德国人告诉波兰人，请他向美洲印第安人转达，一只大狍狳可以变成比几磅硬邦邦的炖肉排更值钱的东西。我们说不定已经有一只大狍狳了。

　　我感觉到查尔斯仍然不相信。

第八章

查科的大牧场

我和桑迪从康塞普西翁回来的第二天，我们就动身前往查科。一大早，我们把所有的设备装上卡车，直奔机场。抵达时我们傻眼了，行李显然不可能全都塞进我们搭乘的这架小飞机。几经努力，最后我们还是选择放弃。看来必须要舍弃一些东西了。我们很不情愿地决定舍弃食物，那是因为即将和我们住在一起的农场主在无线电里一直坚称，不需要带任何补给。然而，这是一个让我们日后后悔不已的决定。

飞机顺利起飞，它绕着亚松森盘旋的时候，我们望向东边那片郁郁葱葱的丘陵，那里有很多橘树林和小农场，从那边开始就是城外，是巴拉圭四分之三的居民的家园。然后，飞机向西越过巴拉圭河——一条宽阔的、在阳光下闪闪发光的棕色丝带——我们看到查科就在前方。这边的河岸和对岸离它如此近的陆地完全不同。这里荒无人烟，仅有一条蜿蜒曲折的小河，它的河道极端扭曲，以至于在许多地方形成小小的闭环；水流为了寻找更直接的路径，会直接穿过那些迂回的河段，被遗弃的河段如今杂草丛生，成为一座座死水湖。我从地图上得知这条河叫孔富索河，这很容易理解。*这儿到处都是棕榈树，它们稀疏地散布在广袤的土地上，从天上俯视，就像数千个插在褪色的绿地毯上的帽针。这里没有房子，

---

* 孔富索（Confuso）为西班牙语，意为"使困惑"。作者在这里说的"很容易理解"，是指河道迂回曲折，让人感到困惑，河的名字取得非常贴切。——译注

没有道路，没有森林，没有湖泊，没有山丘，只有一片荒芜的、毫无特色的原野。我注意到飞行员用两把手枪和一条子弹带把自己武装起来。或许，就像我们在亚松森的熟人说的那样，查科真的是一个既不舒服又特别危险的地方。

我们向西越过这片凶残而荒凉的地域，飞了将近200英里，终于看到了目的地——艾尔西塔农场。

我们降落时，农场主福斯蒂诺·布里苏埃拉和他的妻子艾尔西塔正在机场的跑道边等候，这座农场正是以他妻子的名字来命名的。他是一个大块头，足足有6英尺高，但是可观的腰围让他看上去并没有实际身高那么高。他的着装非常另类，其中包括一套艳丽的条纹睡衣、一顶大头盔，还有一副墨镜。他面带灿烂的笑容，用西班牙语欢迎我们到来，然后把我们介绍给站在他身边的艾尔西塔——一位身材矮胖的女士，怀中抱着一个婴儿，嘴里还叼着一根没有点燃的雪茄。一群裸着上半身的美洲印第安人也在机场迎接我们。他们身材高大，胸肌发达，黑色的长发在脑后扎成马尾。大多数人手持弓箭，还有一两个人背着老式猎枪。接下来的几周，福斯蒂诺在公共场合几乎都穿着那身睡衣，艾尔西塔则总是叼着雪茄。然而美洲印第安人的外形就不再那么典型了；那一天他们是因为我们的到来才特意装扮的，后来我们再也没有见他们那么打扮过。

亚松森的一位熟人告诉我，查科这边的人非常懒惰，为了证明他的观点，他还说了一个故事：一位来自联合国的农业专家前往查科一处偏远的农场调查，他惊讶地发现他们只以种植木薯和养牛为生。

"你们为什么不种香蕉？"专家问。

"这里好像长不出香蕉，我不知道为什么。"

"巴婆果呢？"

"看来也没长出来。"

"玉米呢？"

"它就是长不起来。"

"那橘子呢？"

"也一样。"

"但几英里外有一个德国移民，他那里能长出香蕉、木瓜、玉米，还有橘子。"

"啊，是啊，"定居者回答说，"但是他种了它们啊。"

然而，如果福斯蒂诺是他们中的一员，那这个结论不大公正，因为他家的中庭已经被茂密的橘树所遮蔽，树上结满甜美多汁的水果，厨房的门边长着巴婆果，花园外还有1英亩高大的甜玉米。铺着红色波形瓦的屋顶上，一台铝制的风车在微风中旋转，为房屋的照明和无线电通信设备的运行提供电力。除此之外，福斯蒂诺甚至还给厨房和浴室安装了一套自来水系统。房屋附近有一座面积很大、漂满浮萍的淡水湖。他在湖的旁边挖凿一口浅井，然后用木板将其围起来，在上面搭了一个用于支撑大铁罐的脚手架。每天早上，一个印第安小男孩骑着马操纵绳子和滑轮，把井水灌入大铁罐。罐里的水顺着管子流到房子里的每个水龙头。这个装置非常高效，令人钦佩，我们认为水质非常好，因为福斯蒂诺、艾尔西塔和他们的孩子在喝水时毫无顾虑。然而，喝了几天水之后，我们觉得有必要好好检查一下水井。

我们需要一些青蛙来喂养农场工人送来的一只叫鹤，福斯蒂诺建议我们去井里找找，那里有源源不断的青蛙。我走到水井旁，把网撒在有点浑浊、有点发臭的水里。当我把它捞出来时，我发现了三只活蹦乱跳的橄榄绿色的青蛙，还有四只死青蛙和一只腐烂的老鼠。老鼠可能是不小心掉进水里淹死的，但是不知道水里有什么成分，竟然能杀死像青蛙这样出色的游泳者。这是一个动物学问题，我不想去调查。接下来的两天，我们偷偷地把消毒片扔进我们喝的任何水里，但是它们的气味实在太让人反胃，最终我们不得不放弃这种习惯。

我们在旱季结束时抵达这里，所以原本应该是沼泽地的地方，如今都成了贫瘠的、龟裂的泥地，覆盖着一层因水分蒸发而留下的盐碱，一丛丛枯萎的芦苇根堆在地面上。几个月前牛群在沼泽中跋涉，前往硕果仅存的水塘时留下的足印，现在变得像岩石一样坚硬，密密麻麻地排布在泥地里。只有河床的中心仍然残存着一些黏稠的蓝色泥浆，可以淹没马儿的跗关节。在一些地方，我们发现了和房子附近一样的浅湖，里面也都是浑浊的温水，每年雨季这片区域的大部分地方会被洪水淹没，这些湖是洪水残余的部分。

由于每年周期性的洪水，树木或灌木丛只能存活在稍高于周围平均海拔的地方，这样才不会被淹死。这里地势较高的地方覆盖着低矮的灌木林。所有的植物都长着尖锐的刺，保护它们免受牛群的啃食，要知道干旱的时候牛群是多么需要饲料。许多植物还进化出新的技能，确保它们在旱季保存足够的水分。有些植物依靠的是它们巨大的地下根系；还有一些像烛台仙人掌一样的植物，则将水分贮藏在它们肿胀的肉质茎中。而 *Palo borracho*，也就是美丽异木棉，则将水分保存在它那粗壮的、布满锥形刺的树干中。这些树是查科全副武装的植物的典型代表，它们成群结队地矗立在大地上，如同一个个长满枝叶、拥有生命的奇特的瓶子。

查尔斯站在巴拉圭查科灌丛带的一片灌木林中

美洲印第安人住在距离农场房屋半英里远的地方。若干年前，这些马卡人还被认为是言而无信和性格凶残的人，这显然是早期入侵他们国家的"先驱者"给他们贴的标签。起初，他们很少在一个地方长时间地停留，而是在查科平原游猎，临时驻扎在猎物相对丰富的地方。如今，村子里的大多数人已经放弃传统的狩猎生活，许多人在福斯蒂诺的农场从事放牧工作。事实上，他们居住的营地已然是一个永久的定居点，尽管如此，他们的房屋风格并没有改变，也没有经过精心设计，仍然是用干草简单覆盖的简陋的圆顶小屋。他们的语言和我以前听过的任何一种都不相同。它主要由喉音组成，据我所知重音都放在最后一个音节上，所以听他们讲话如同听一段倒放的英语磁带。

　　我们在抵达的第一天下午，遇到一位叫斯皮卡的印第安人，他一直陪着我们在小屋周围散步。我突然看到一只特殊的篮子，那是用九带犰狳闪亮的灰色外壳做成的，挂在简陋棚子的椽子上，这个棚子搭建在火堆上。

　　"*Tatu*!"我兴奋地说。

　　斯皮卡点点头。"*Tatu hu*。"

hu 在瓜拉尼语中的意思是"黑色"。

"这里有很多吗?"我一边问,一边向周围挥了挥手臂。

斯皮卡很快领会我的意思,点了点头。然后他说了几句马卡语,我完全听不懂。斯皮卡见我一脸迷茫,为了帮助我理解,他从灰烬中捡起一片外壳递给我。虽然它破碎的边缘已经烧焦,但还有一部分没有损坏,足以让我认出这是三带犰狳的黄色外壳的一部分。

"*Tatu naranje*。"斯皮卡说。"*Portijiu*。"他补充道,然后舔着嘴唇,夸张地模仿一个饥饿的人。

我在福斯蒂诺那里学过这个瓜拉尼词汇,它大概是"美食"的意思。

斯皮卡把西班牙语、瓜拉尼语和手势杂糅在一起,向我们解释说,*tatu naranje*,也就是橘色的犰狳,在灌木林中非常多;尽管它们晚上出来活动,但在白天也能找到;捉这种犰狳时不用做陷阱,徒手就能捉住它们。

他告诉我们,附近还有另一种犰狳——*tatu podju*。桑迪解释说,*podju* 的意思是"黄爪子",但是仅仅通过这一点微不足道的描述,我们还不能确定它是什么种类。不过可以肯定的是,这里至少有两种我们以前从未见过的犰狳。第二天,我们向福斯蒂诺借了几匹马,出发去寻找它们。坦率地讲,尽管斯皮卡那么说,但我还是认为在白天很难见到它们。不过，我们有必要熟悉这片土地的方位，这样一来，如果真的要晚上出来狩猎，我们起码不会迷路。

然而，斯皮卡所言不虚。我们在离房屋不到 1 英里的地方，看到一只犰狳正在穿越河口处干涸的沼泽地，它距离我们仅有几码远。桑迪牵着马的缰绳，我徒步追赶上去。这只犰狳有 2 英尺多长，比 *tatu hu* 大很多，淡黄色中透着粉红的外壳上稀疏地覆盖着又长又硬的毛发。它的腿非常短，我想它即使想逃跑，也跑不了多快。有鉴于此，我并没有一下逮住它，而是跟在旁边一路小跑，看看它接下来究竟要做些什么。它停下来，用小眼睛盯了我一会儿，然后大声地咕哝着，在崎岖不平的河口缓慢前行。很快，它在地面上发现了一片洼地。它嗅了嗅，开始挖掘，用前爪扒拉出大量的泥土。没过几秒钟，它就只剩下后腿和尾巴在外面了，我认定是时候逮住它了。它把头埋在洞里，根本不知道我的意图，也无法采取任何回避措施，所以我所要做的就是抓住它的尾巴，轻轻地把它提溜出来。它出来以后，还在气喘吁吁地用前腿做着挖掘的动作。

我们把它带回家，斯皮卡过来做鉴定。

"*Tatu podju*。"他满意地说道。打这以后，"黄爪子"便成了它的名字。从科学的角度说，这是一只六带犰狳，或称多毛犰狳。在阿根廷，这种物种被称为 *peludo*。赫德森对这种动物充满钦佩之情，他认为无论从饮食还是从习性来说，这种动物都是南美草原所有生物中最具适应性的。他曾经讲述过一个关于犰狳如何捕蛇的非同寻常的故事。六带犰狳爬上愤怒的、发出嘶嘶声的爬行动物，不停地前后摇摆，用壳上锯齿状的边缘袭击蛇，几乎将它锯成两半。蛇一次又一次地反击，然而是徒劳的。最后蛇死了，犰狳从蛇尾开始享受它的大餐。

———

每天，我们都会探索周围的世界，有时也会和福斯蒂诺或者他的工人一起骑马出去。他们的骑马技术让我羡慕不已，所以我经常模仿这种与英国大不相同的骑马姿势。他们紧紧地坐在羊皮马鞍上，仿佛和坐骑焊接在一起。刚开始时，我们还穿着在亚松森购买的所有装备——马裤、皮裤和腰封。后来，这些东西被我们一一抛弃。宽松的马裤虽然在骑马时看上去很酷，但是走进多刺的灌木林时，就成了十足的累赘；自打我穿着靴子走进一片沼泽后，它们就缩成奇怪的形状，穿起来特别不舒服，简直让人无法忍受；那条皮裤实在是太热太硬；而腰封虽然看起来很专业，也很有装饰性，但想要发挥它应有的功能，就必须把它勒得特别紧，我宁愿冒着

"肠子颠出来"的危险，也不想勒着这东西。似乎只有披风对我们来说还有点实际的价值——我们把它当作马鞍垫。

有时，我们也会步行。最近的一片灌木林就在村外，向北延伸好几英里，直到一条缓慢流淌的咸水溪流——蒙特林多河的岸边。人们根本无法进入灌木稠密的地方。巨大的仙人掌、带刺的灌木丛和发育不良的棕榈树与藤蔓交织在一起；地面上长满了星花凤梨的肉质莲座叶丛；此外，每一株植物，不论是灌木还是乔木，都长满利刺和倒钩，可以轻易地钩住我们的衣服，刺穿我们的帆布鞋，划破我们的肉。

带刺的灌木丛里到处都是高大的沉香橄榄和红破斧木，不过也有一些地方的灌木非常稀疏，看上去像一片荒凉的草地，几株仙人掌孤零零地矗立其间。

一些栖息在这里的鸟儿像着了魔似的，对搭建鸟巢抱有极大的热情，它们建的巢堪称"豪宅"。在一片空地上，我们发现十几株矮小而带刺的灌木，每一株最高处的树杈上都有一个乱糟糟的、用干草和树枝构筑的巢，差不多是足球的两倍大。这些房屋的建筑师是一些比鸫略小一点的灰褐色小鸟，它们常常栖息在巢顶，在炽热的阳光下发出刺耳的尖叫声。桑迪称它们为 *Leñatero*，也就是集木雀。它们中的一些仍在忙着建巢，尽管不是强壮的飞行者，对自己的搬运能力却非常自信，它们挑选的树枝的大小和重量，足以吓倒一些体型更大的鸟类。我们看着它们急速挥动翅膀，勇敢地飞向鸟巢，嘴里叼着比自己还要长的小树枝。当它们飞抵鸟巢时，有时它们会因为无法积攒足够的力量而不能平稳着陆，衔在嘴里的树枝会掉落到灌木丛中。每一个鸟巢下面都有一堆废弃的小树枝。这些树枝是上等的引燃篝火的材料，这就不难理解人们为什么给它们起"拾柴者"这样一个名字。

我们在一棵干枯的沉香橄榄上发现了最大的鸟巢，那棵树长在灌木林的边缘，枯瘦且没有树皮的树干在阳光长时间的照射下已经微微泛白。树干分叉处的周围搭建了许多用树枝和木棍堆砌而成的细长建筑物，有玉米垛那么大。这是一群灰胸鹦哥的巢，这些鸟儿的面颊和腹部为灰色，其余部位呈绿色，体型大约是虎皮鹦鹉的两倍。鹦鹉科里的其他成员只会在洞里筑巢——或是树洞，或是白蚁、树蚁的球形巢，或是地下洞穴；只有灰胸鹦哥能在露天的环境下建筑鸟巢。它们的巨大鸟巢并不是公共住宅，而更像是公寓楼，因为每对鸟都有自己独立的巢室、门廊和入口，巢室与巢室之间没有通道或隧道。

这是一种非常勤劳的鸟儿。它们会将灌木林中新鲜的嫩枝折断，然后不间断地运到鸟巢这儿来，而那些待在巢里的鹦哥则忙着从恰好无人看守的邻居家里偷建筑材料。灰胸鹦哥一年四季都住在它们的巢里，所以这种狂热的建筑活动从未停止。繁殖季节到来之前,鸟巢的翻修必不可少,育儿所必须扩建,以满足雏鸟成长的需要,而雏鸟长大后往往会在父母家附近搭建自己的巢。所以,灰胸鹦哥的公寓楼会越建越大,直到有被大风吹倒的危险时才会停工。

灰胸鹦哥的巢

在查科,即便是最粗心大意的旅行者也会注意到灰胸鹦哥和集木雀引人注目的巢,但并非查科所有的鸟都如此大胆地建造巢穴。有一天,我沿着一条贯穿灌木林的小径,来了一次探索性质的徒步。小径是印第安人为了狩猎而开辟的。

大约一个小时后，汗流浃背、口干舌燥的我坐在灌木丛中的阴凉处，大口大口地喝着水。正当我考虑是否要回去时，我突然听到头顶有嗡嗡的声音，只见一只绿色的小蜂鸟在树枝间盘旋。很难想象是什么把它吸引到这里来，因为树上根本没有花蜜可以让它吸食。它在树枝间来回飞舞着，不知道在忙些什么。它扇动着翅膀在半空中盘旋，速度非常快，以至于我只能看到一个模糊的形状。蜂鸟每秒扇动翅膀的次数可以达到令人难以置信的 200 次，但是它们只有在向下俯冲和求偶时才能达到这个频率。我头顶的这个小家伙每秒钟只需要挥动 50 次翅膀，就能保证它盘旋在空中，只有当它加速飞向另一处，扇翅频率加快时，才能产生引起我注意的嗡嗡声。它突然像箭一样掠过我面前的空地，飞开了。

大多数蜂鸟奉行一夫多妻制，每只雌鸟都会为自己筑巢，然后承担孵化和喂养雏鸟的全部职责。我确信刚刚看到的是一只雌性蜂鸟。它用鲜红的鸟喙将刚刚收集到的蛛丝铺在小小的鸟巢外。当一切准备就绪后，它开始不停地吞吐像线一样的舌头，以产生黏稠的唾液，然后用嘴把唾液均匀地涂在鸟巢的表面上，就像用调色刀在蛋糕上涂抹糖霜。随后，它开始用脚猛踹鸟巢，还不停地在上方旋转，修整并抚平巢的内部。它用嘴敲击了几下鸟巢，便再一次飞出去寻找新的材料。

它非常努力，一个小时后，我确信那个鸟巢明显比之前大了。为了研究蜂鸟，我静静地在这里坐了很久，以至于灌木林中的其他生物似乎都忽略了我的存在。小蜥蜴们在草丛中间光秃秃的地上爬来爬去；一群叽叽喳喳的灰胸鹦哥落到灌木丛中，开始收集建筑材料。当我留意到周围这些活动时，我好像用余光瞥到一簇多刺的仙人掌下有动静。我拿起望远镜，仔细地搜索那片区域，然而除了一块黄色的圆形土块外，枯草丛中和扭曲的仙人掌下什么也没有。当我目不转睛地盯着那里时，土块开始动了。它的下半边出现了一条垂直的黑线，慢慢地扩大。一张毛茸茸的小脸猛地出现，机警地向外张望，原先的小球变成了一只小小的犰狳。那是一只三带犰狳。它战战兢兢地穿过草地，但是一到空地上，它就加快步伐，踮起脚尖飞快地跑起来，迅速移动的小短腿让它看上去像一个上了发条的怪异玩具。我赶忙跳起来追赶。犰狳突然来了个漂亮的急转弯，钻进灌木丛下的一条低矮的隧道里，消失不见了。我跳到植物后面，静静地等待犰狳出现。几秒钟之后，犰狳便落到我的手中。

小家伙怒气冲冲地咕哝了一声，然后猛地合起来，再次把自己变成一个黄色的球；它那长满鳞片的尾巴和头顶三角形的盾板完美吻合，这样就不会暴露身体上没有盔甲的地方。这种情况下，或许只有狼或美洲豹强而有力的两颌能把它咬开，其他动物都伤不到它。我从口袋里掏出一只布袋，把蜷缩成一团的三带犰狳装到里面。这些袋子在装各种新捕获的动物时非常有用。由于袋子编织得不是特别紧密，动物的毛发可以从缝隙中伸出，动物们在里面可以正常呼吸，而且它们在黑暗的环境中几乎总是安静地躺着，不会挣扎，也不会伤害自己。我把装着犰狳的布袋放到地上，然后回到蜂鸟的鸟巢——我把望远镜放在那里了。然而，当我回来的时候，布袋不见了。我环顾四周，看见它在地面上一圈接一圈地翻转，缓慢地移动着。缩成一团的小犰狳肯定已经松开，在袋子里小跑起来。我把它拾起来，带回去，和黄爪子一起关在一辆半废弃的牛车里，如今那个小家伙在里面玩得特别开心。

不到一个星期，我们就捕到了三对三带犰狳、两对九带犰狳，以及黄爪子。牛车足够大，可以容纳所有的犰狳，但是它们食量惊人，每天晚上我们都得投放大量的食物，因此我们称之为"救济站"。牧场每周都会宰杀一头牛，所以并不缺牛肉，但是光有肉显然是不够的。犰狳同样需要牛奶和鸡蛋，然而这些东西并不多。幸运的是，那群经常来我们房间串门的母鸡当中的一只，已经决定在我的旅行包里筑巢了。我最初的反应是将它撵出去，但当看到它每天下一个蛋的时候，我对福斯蒂诺和艾尔西塔一言不发，每天晚上把鸡蛋和我们的牛奶一起加到犰狳饲料里。

展开的三带犰狳（上图）和紧紧地缩成一个球的三带犰狳（下图）

然而，那几只三带犰狳的情况并不妙。它们柔软的粉红色脚掌上开始出现粗糙的斑块。为了防止这种情况继续恶化，我们在"救济站"底部铺了一层泥土。这招虽然很管用，但是给我们增加了许多额外的工作。犰狳的饮食方式很粗暴，它们让大量的食物洒落到地面上，然后这些东西就会腐烂和变酸。为此，我们不得不每隔几天就把地面清理干净，覆上新的泥土。

　　后来，三带犰狳又出现了严重的腹泻。它们是高度紧张的小动物，我们很容易看出哪一只患病了。当我们把它们抱起来时，它们不仅吓得两腿发抖，还总是殷勤地献出粪便的样本。我们试着改变它们食物的结构，尝试加入一些煮熟并捣碎的木薯，但是被它们拒绝了。腹泻进一步恶化，查尔斯和我都很担心。我们如果不能治愈它们，就应该把它们放归自然，而不是让它们在被囚禁的状态下死亡。我们无休止地讨论着这个问题，后来突然意识到，三带犰狳在野外翻找昆虫和树根时，不可避免地要吃掉大量的泥土。或许它们消化食物时需要泥土，或许我们提供的食物过于丰盛。那天晚上，我们在肉末、牛奶和鸡蛋的混合物中加了两把土，把它搅拌成一种不那么诱人的稀泥。不到三天，这几只三带犰狳全部痊愈。

第九章

查科之旅

从南方吹来的风不仅带来刺骨的冷空气，还带来持续数小时的阴雨。每当遇到这种无法外出活动的天气，我们就会去畜栏旁边那间四面通透的茅草屋。牧场的工人们常聚在那里聊天，磨刀，编织生皮套索，调戏在厨房做帮工的、具有一半印第安血统的女孩，然而最重要的事情是喝热马黛茶。茅草屋地面的中央常常会生起一堆篝火，工人们总会在长凳上为我们留几个空位。我们不仅可以坐在那里用火取暖，还可以享受热腾腾的马黛茶。这是一个热情好客的地方，虽然充斥着马和皮革的气味，但也散发着沉香橄榄的芳香。

　　一个雨天的早晨，我来到茅草屋，准备来一杯温暖的马黛茶，但我失望地发现这里空无一人，只有六条皮毛光滑，而且被喂养得很好的狗。当我抵达时，它们坐起来狐疑地盯着我。我注意到有一个人仰面躺在木凳上，脸上盖着一顶布满灰尘的宽边帽。这人我从未见过。他非常高——肯定超过 6 英尺——穿着一条破旧而宽松的马裤、一件没有扣子的衬衫，腰间系着一条由美洲印第安人编织的褪色的腰封。他赤着双脚，从脚底的老茧可知他很少穿鞋。

　　"*Buenas dias*（早上好）。"我问候道。

　　"*Buenas dias*。"陌生人在帽子下低沉地回应道。

　　"你从很远的地方来吗？"我用结结巴巴的西班牙语问道。

　　"是的。"他回应道，并懒洋洋地挠了挠肚子，除此之外，没有任何动作。

我们之间陷入尴尬的沉默。

"天气很冷啊。"我漫无目的地说。除了天气以外，我想不出别的话题来延长谈话时间。陌生人坐了起来，一把将帽子推到脑后，双脚放到地上。

他长得非常英俊，浓密乌黑的卷发中夹杂着灰白色的发丝，古铜色的下巴上留着斑白的胡楂，看来好几天没有打理了。

"你是来找马黛茶的吗？"他问。没等我回答，他就解开一直当作枕头来用的帆布包。他取出一只牛角杯、一根银质吸管和一小包茶叶，往牛角杯里倒了一些绿色的马黛茶叶。他默不作声地拿起长凳边的陶罐，往牛角杯里加水，用吸管吸了几口，吐出几口浑浊的茶水，随后重新往杯里加满水，彬彬有礼地把它递给我。

"你在这里做什么？"他问道。

"我们在找动物。"

"什么动物？"

"犰狳，"我轻快地回答道，"各种犰狳。"

"我有大犰狳。"他回答说。

至少我认为他是这么说的，但是我不大确定。也许他说的是过去式，或者是说如果他想的话，他可以随时抓住一只大犰狳。我不能肯定。

"等一下。"我激动地说完后就飞奔出茅草屋，冒雨把房间里的桑迪叫来。我们回来后，桑迪开始了漫长的、有礼貌的寒暄，他坚持认为这是开启任何一项严肃调查的正确方式。我焦躁不安地坐在一旁。几分钟后，桑迪简单地翻译了他俩谈话的要点。这个陌生人叫科梅利。他是一个在查科平原游荡的猎人，猎捕美洲豹、海狸鼠、狐狸或其他拥有值钱皮毛的动物，换取火柴、弹药筒和刀子，以及其他一些维持他在平原漫游所需的物资。他已经有十年没在房间里睡过觉，他也不想这么睡。

"那大犰狳呢？"我焦急地问。

"啊！"桑迪好像把最重要的事情给忘了。

他再一次和科梅利攀谈起来。

"他曾经有一只大犰狳，饲养了好几个星期，但那是很久以前的事情了。"

"发生什么事了？"

"它死了。"

"他是从哪儿弄来的？"

"在皮科马约河那边，离这里很远。"

"他明天能带我们去吗？"

桑迪咨询这个问题时，陌生人咧嘴笑了。

"没问题。"

我兴奋地跑回房间，告诉查尔斯这个好消息。我想立马去科梅利描述的地方。不管能不能找到大犰狳，我们或许能看见一些在牧场周围没有的动物。骑马去往那里至少需要三天的时间，如果我们的搜寻不受时间限制，我想我们要离开大约两个星期。福斯蒂诺答应借给我们两匹马、一辆驮运装备的牛车，还有两头拉车的牛。然而，我们没有食品。

"唔，我们可以吃当地的东西。"我激动地对查尔斯说道，但是表述得非常含糊。

"没问题，不会比我们现在吃得更糟了。"他忧郁地回应。

在这件事上，我不得不同意他的看法。虽然福斯蒂诺和艾尔西塔热情好客，但是他们做的饭菜实在让人不敢恭维，几乎不能让任何不习惯它们的人有胃口。饭桌上只有牛的各个部位——油炸牛肠子，无数奇形怪状的干瘪器官（幸运的是，我认不出来它们是什么），以及无休止的粗糙牛肉块，嚼起来就像硫化橡胶一样。如果"吃当地的东西"意味着改变饮食习惯，那么这或许将是一种解脱。

我们和福斯蒂诺讨论这个问题。

"查科是个会让人挨饿的地方。"他说，"我们可以给你们一些木薯、木薯粉和马黛茶，但是男人吃这些东西可不会长胖啊。"

随后，他又给了我们一些希望。

"别担心。如果你们饿了，我允许你们杀一头牛。"

我们花了两天时间修理车上的皮具，精心挑选牛马，上马鞍，组装牛车。艾尔西塔从仓库里面翻出一口大铸铁锅和一只煎锅，福斯蒂诺无私地送了我们一条牛的左后腿，他说它在变质前至少可以充当一顿饭。我和查尔斯则装了一整箱橘子。

最后，一切准备就绪。车上堆满设备，牛也被拴上车。桑迪接过缰绳，牛车启动时缺油的车轮发出刺耳的咯吱声，在这种声音的陪伴下，我们的队伍缓慢地离开牧场。南风变成北风，带走寒冷的雨水，我们在万里无云的蓝天下骑着马。科梅利在最前面带路，他戴着宽檐的帽子，修长的双腿垂在马镫外，几乎触到地面，整个人看上去就像南美的堂吉诃德。他的狗在我们周围四处游荡。科梅利不仅能通过声音，还能通过脚印识别每一条狗，他总是在旅途中不断地呼唤它们。这群狗的首领叫迪亚布勒，也就是"魔鬼"的意思；二号人物卡皮塔斯，是"工头"的意思；有两条狗的名字我就压根没记住过；还有一条棕色的大母狗，是所有狗中最懒的，但也是最帅气的，它对科梅利忠心耿耿，科梅利也非常喜欢它。它叫卡伦塔 *，科梅利深情地说，这是因为它的脚非常大，要是穿靴子的话，它至少要穿 40 号的靴子。

我们一路向南。牧场和附近的灌木林变得越来越小，很快消失在视野中。前方是一片广袤的、荒无人烟的平原，只有福斯蒂诺的几群牛。牛拉着车，迈着沉重的步伐缓慢前行，时速不超过 2 英里。为了让它们不断行进，驾车的人需要不停地吼叫。我们四个人只有两匹马，所以需要轮流骑马和赶车，当其中一个人无所事事的时候，他就会坐在牛车的后挡板上，用冰冷的马黛茶消磨时光。

下午晚些时候，远处的地平线上出现一棵枯树。我们走近一瞧，它顶部的枝干上有一个巨大的裸颈鹳鸟巢。前面有一片干涸的湖，湖底生满带刺的灌木。

我们决定将第一个营地搭在那里。

接下来的三天，我们继续在广袤无垠的平原上向南穿行。科梅利把丛生的灌木林比作一座座岛屿。这个比方非常贴切——它们是草海中的丛林岛屿，科梅利就像在大海中航行的人一样，把它们当作导航的地标。自打离开牧场，天气变得异常炎热，我们在骑马时都快被太阳烤焦了。然而，到了

---

* 原文为 Cuarenta，在西班牙语中是"四十"的意思。——译注

科梅利和卡伦塔

第四天的早上，风向突然改变，天空中乌云密布，傍晚时分下起倾盆大雨，当时我们刚好抵达皮科马约河。

　　河水分成几条小溪，在杂乱的砾石之间流淌着，浑浊而泥泞。八十年前，皮科马约河被认定为阿根廷和巴拉圭的界河，然而从那时起，这条流淌在查科平原的大河无数次改变河道。如今，这条河在当时商定的国界线以北的若干英里处流淌着，因此河水南边的土地仍属于巴拉圭。

　　我们驱赶着马和牛下河。虽然水不深，但是到对岸之前，河水还是差点淹到牛车的底板。

两天前，我们吃完了福斯蒂诺给的牛肉，直到现在还没找到猎物，一成不变的木薯、木薯粉和马黛茶逐渐让我们感到厌恶。科梅利向我们保证，前面不远处就有一家叫作"帕索·罗亚"的小商店，那里堆满各种各样的罐头食品。一想到这里，我就会流口水。

临近傍晚，我们冒着暴雨抵达一片灌木林，这片灌木林为商店提供了天然的庇护。在这样的天气下，设备极有可能被淋湿，除非我们能找到一处庇护所。科梅利带领我们沿着泥泞的小路穿过带刺的灌木丛，来到一间废弃的小屋，它由四堵即将坍塌的土坯墙和一个凹陷变形的茅草顶棚组成。科梅利说，建造它的人几年前死在这里，现在埋在灌木林中的某个地方。从那以后，小屋就荒废了。雨水顺着屋檐倾泻下来，汇集在门槛，形成一个宽宽的水坑，风呼啸着穿过墙壁的缝隙。我们赶忙把设备从车上卸下来，堆放在屋内不渗水的空地上。

我们筋疲力尽，不仅浑身湿透，还饥肠辘辘。刚一忙完，我们就冒雨前往半英里外的那间商店。它比我们征用的小木屋稍微大一点，但是同样破败不堪。我们从敞开的大门走过去，只见屋里挤着一群脏兮兮的鸡鸭，它们也是避雨的客人。房间里挂着两张吊床，老板躺在其中一张上，正喝着马黛茶。

他出人意料地年轻，看上去异常开心，让人有点莫名其妙。我们自我介绍时，他从后屋把他的妻子和另一个年轻人——他的堂兄弟——叫出来迎接我们。我们坐在木箱上，在湿漉漉的衣服里瑟瑟发抖，桑迪问他能不能买点吃的。

老板高兴地笑了笑，然后摇了摇头。

"没有，"他说，"我已经等了好几个星期，一辆运送货物的牛车也没来。现在只有啤酒。"

他走进侧屋，拿出一只板条箱，里面装有六瓶啤酒。他把它们一瓶接一瓶地递给他的堂兄弟，令人惊讶的是，那人竟然用牙齿把瓶盖全部咬开。

我们拿起瓶子直接喝起来。啤酒淡而无味，冷冰冰的，在我愿意选择的茶点里居于末位。它和我想了一整天的沙丁鱼及桃子罐头无法相提并论。

"帕索·罗亚，是不是很好？"科梅利拍拍我的肩膀，愉快地问道。

我勉强朝他笑了笑，但是一句话也说不出来。

晚上，我们在自己的小屋里生起一堆篝火，一来可以烘干湿漉漉的衣服，二来可以做一顿倒胃口的木薯粉大餐。小屋里实在没地方让我们四个人和几条狗一起睡觉，所以我和查尔斯自愿到屋外过夜。尽管雨还在不停地下，但是我们的吊床原本就是为在热带地区服役的美国军队而设计的，所以上面带有一个很薄的橡胶顶棚，从理论上说可以防水。

离小屋不远的地方还有一间倾颓的建筑，尽管屋顶和三面墙已经坍塌，但是墙角的柱子还立着。暴风雨减弱的时候，我跑出去把吊床挂在两根立柱之间。查尔斯则把他的吊床拴在附近的两棵大树中间。没过几分钟，我就钻进自己的吊床，拉上防水顶棚与吊床之间的蚊帐拉链，然后把手电筒放在身边，用披风裹住自己。筋疲力尽的我倒头便睡着了，这是今天最温暖、最舒服的时刻。

午夜刚过，我被一种不舒服的感觉折腾醒，发现自己像折刀一样蜷缩着，脚都快触碰到头了。我摸索着手电筒，借助它微弱的灯光，发现原来是支撑着吊床的立柱倾倒后相互抵在一起，吊床下垂到离地面不足几英寸的地方。我一动不动地躺着，仔细分析当前的局势。外面的雨仍然下得很大，把周围的泥土溅了起来。我如果现在爬出去，不出几秒钟就会浑身湿透；但是，如果我继续待在吊床里，柱子会慢慢地合拢，直到我被放在地上。我想，如果真到了那一步，也不会比睡在小屋的地板上更糟，所以我决定留在原地，继续睡觉。

大约一个小时后，背部传来的湿冷感觉再次把我惊醒。无须借助手电筒，我也能明白周围的情况。我睡在地上的一个大水坑的中央，水正一点点地渗入我的吊床和披风。我躺了半个钟头，看着闪电划破夜空，照亮雨幕。我权衡了一下目前的处境带给我的不适感，然后将它与我跑回小屋全身湿透的感觉做一个对比。最后，用屋里的火堆把冻僵的身体烤热的念头占了上风。我拉开蚊帐上的拉链，把湿透的吊床丢在水坑里，赤脚穿过泥泞的空地，飞奔回小屋。

　　小屋里，桑迪和科梅利的鼾声此起彼伏，还弥漫着狗身上的腥臭味。篝火则早已熄灭。我凄凉地蹲在一个空角落里。卡伦塔注意到我的到来，小心地跨过桑迪伸展的双腿，蹲在我的脚下。我披上湿披风，等待着黎明的到来。

　　科梅利是第一个醒来的。我俩再次把火点燃，煮了一壶水，用来泡马黛茶。

　　天亮了，暴风雨也停了。查尔斯在吊床上醒来，惬意地伸着懒腰，宣布他度过了一个美好而舒适的夜晚，并开玩笑说，那天早上他要在床上享用马黛茶。

　　我觉得他的笑话不怎么高明。

　　我们吃早餐时，小店的老板、开瓶者和另一个男人一起来到小屋，围坐在篝火旁。小店老板介绍说，那个陌生人是他的另外一个堂兄弟，专门负责杀牛。这人看上去脾气特别暴躁，他乖戾的表情并没有因为一道皱起的疤痕而有所改善，这道疤贯穿他的整张脸，他的眉毛和眼睑因此扭曲变形，嘴角也被扯开，露出邪恶的笑容。后来，小店老板说这道伤疤是一天晚上他们喝酒时造成的，当时屠夫被开瓶者激怒，抄起屠刀就朝他砍去。开瓶者拿起一只破了的甘蔗酒瓶自卫，受伤的屠夫很快冷静下来，小店老板找来自己的老婆替屠夫缝补伤口。尽管这样，这三个堂兄弟现在仍是最好的朋友，这或许是因为他们是帕索·罗亚唯一的居民，方圆数英里没有第二户人家。

我们说自己正在寻找各种各样的动物，对大犰狳尤其感兴趣。开瓶者说他曾经看到过它们的脚印，但是没有一个人真正地见过这种动物。他们保证会留意任何可能引起我们兴趣的动物。

显然，他们打算把上午的时光消磨在这里。他们先是要求见识见识我们的设备。开瓶者被查尔斯的吊床迷住，爬进他昨晚支起的吊床，对拉链、蚊帐、口袋和顶棚赞不绝口。小店老板坐在屋外的一根原木上，无比激动地检视着我的望远镜，对它爱不释手，一会儿摸摸镜筒，一会儿把它放到眼睛上。出于职业原因，屠夫对刀特别感兴趣。他发现了我的刀，蹲在火堆旁，用大拇指羡慕地测试它的刀刃，不停地暗示他希望收到这样一份礼物。由于我一直没有回应——毕竟这是我唯一的一把刀——他开始改变策略。

"多少钱一把?"

"一只大犰狳。"我脱口而出。

"那个婊子!"他用了一个相当粗俗的西班牙语单词,带着几分神秘说道,随后一挥胳膊,把刀扔了出去。那把刀插在15英尺外的树干上,不停地颤动。

早餐后,科梅利说他想出趟远门,沿着灌木林往东走,看看能不能找到大犰狳的踪迹。把他想去的地方仔细地搜查一遍,大概需要两三天的时间,如果遇到什么有意思的动物,他会立即回来找我们。不出几分钟,他就凑齐了所需的装备——一件披风、一袋木薯粉,还有一些马黛茶。没等太阳升到树上,他便骑着一匹马静悄悄地出发了,狗群兴奋地摇着尾巴在他前面小跑。

桑迪花费一整天的时间,把小木屋修缮一番,搭建一个临时厨房,把我们仓促建成的营地收拾整齐。

现在只剩下一匹马,我和查尔斯不可能一起进行长途探险,所以我们决定让剩下的这匹马驮着摄像机、录音设备和水壶,我俩徒步去北部的平原搜寻。

帕索·罗亚和皮科马约之间的查科平原被里亚乔斯河所分割——这是一条长约100码的溪流,水位很浅,不知道源头在哪儿,又突然终结于一片泥泞的水塘。水面上不仅漂满凤眼蓝和其他不知名的杂草，还聚集着一群群嗡嗡作响的蚊子和巨大而凶残的虻。在河岸的一边，我发现一堆看起来很有意思的干芦苇。我小心翼翼地用小刀在它们中间捅了捅，在潮湿的底层发现十来只小凯门鳄，它们是真鳄在南美洲的亲戚。它们在我的双脚之间匆忙逃窜，有的掉进了河水里，我设法逮了四只。这堆芦苇原本是一个废弃的鸟巢，凯门鳄妈妈把卵产在这里，然后离开，让它们自己在烈日下孵化。我捉住的这几只是凯门鳄宝宝，它们虽然只有 6 英寸长，但是会咬住我的手指，发出愤怒的叫声，还时不时地张开嘴，露出柠檬色的上颚恶狠狠地瞪着我。我浸湿一只布袋，把这些小家伙塞了进去。

我们环顾四周，想看看这片区域还有什么动物时，我突然意识到，有四个人正站在对岸静静地观察着我们。他们是美洲印第安人，每个人都背着一把老猎枪。他们赤裸着上身，赤着双脚，只穿一条绑着皮革护腿的裤子。他们的脸上刺有文身，长长的头发垂在脸颊上，其中两人拎着鼓鼓的袋子，还有一人扛着一只被宰杀和拔了毛的鹈鹕。

显然，这些人是猎手。这是一个招募高素质助手的绝佳机会。我们蹚过河，试图用手势建议他们和我们一起返回营地。他们倚靠在猎枪上，一脸困惑地看着我。最后，我总算清晰地表明了我的意图，他们迅速地用特有的喉音交流一番，点头表示同意。

返回营地后，桑迪用瓜拉尼语和马卡语跟他们交流。他说这群人为了猎捕鹈鹕，许多天以前就离开了他们的村庄。鹈鹕的羽毛在阿根廷常被用来制作掸子，所以价格很高。正因如此，印第安人可以容易地把它们卖给像小店老板这样的商贩，以此换取火柴、盐和子弹等物资。他们把羽毛暂存在靠近阿根廷边界的某个地方。桑迪对他们说，如果他们愿意帮我们寻找动物的话，只要他们和我们待在一起，我们就会提供木薯粉，而且捕获一只动物还会有额外的丰厚报酬。我们给大犰狳定了一个特别高的价格。他们同意加入，不过需要一些马黛茶作为预付款。我们从日益减少的储备中匀给他们几杯茶。既然双方已经立下约定，我希望他们能立马进入灌木林开始狩猎；然而他们对自己职责的理解似乎有一些偏差。他们躺在树荫下，把披风盖在脸上，很快进入梦乡。毕竟，在这个时间出去搜寻动物，似乎太晚了。

他们直到黄昏才醒，刚醒过来就在离小屋不远的地方生了一堆火，然后跑来找我们要木薯粉。我们提供了一些，他们把它拿回去，和鹈鹕的肉放在一起煮。月亮慢慢地升到树梢上，又大又亮，我们准备睡觉。然而，睡过午觉的印第安人精神焕发，<u>丝毫没有要休息的迹象</u>。

"也许，"我满怀希望地对桑迪说，"他们打算通宵狩猎。"

桑迪开心地笑了。"我敢打包票，他们没有这样的计划。"他说，"但是，不要试图催促印第安人，这样做毫无意义。"

我在两棵树之间重新挂起吊床，爬进去准备安稳地睡一觉。这群印第安人好像很开心，欢声笑语从未间断。从我躺着的地方，可以看到他们传递着一瓶甘蔗酒，喝了很长时间。突然，一个人咆哮着把空酒瓶扔进火堆旁的灌木丛，聚会变得更加热闹。我看到其中一个人从包里又翻出一整瓶酒。他们可能很久才能消停吧。我翻了个身，把披风盖在头上，困意再次袭来。

突然，附近响起一声震耳欲聋的爆炸声，有什么东西在我头上嗖嗖作响，我惊慌失措地向外张望，只见他们围着篝火尽情转圈，其中一人拿着甘蔗酒瓶，所有人都挥舞着枪。有一个人突然大叫一声，再次朝空中开枪。

现在的情况已经失控，必须在有人受伤之前采取必要的措施。

查尔斯已经跳下吊床，回小屋里了。我跟进去，看见他正紧急地打开急救箱。

"天哪！"我说，"他们伤到了你？"

"没有，"他阴沉地回答，"但我要确保他们不会这样做。"

一个男人弯腰朝这边走来，悲伤地把一只甘蔗酒瓶倒过来，向我们展示没有酒水了。他咕哝了几句，似乎是希望我们把酒添满。查尔斯递给他一大杯水，并往里面倒了什么东西。

"是一粒安眠药，"他对我说，"伤不到他的。运气好的话，在药起作用之前，我们不需要躲避两次以上的子弹。"

其他人围过来，晃晃悠悠地站在一旁，不想错过他们同伴获得的东西。查尔斯殷勤地给每个人发了一粒药丸。他们一饮而尽，眨着眼睛，惊讶地发现我们给的饮料竟然没有味道。

我一直不知道安眠药能这么快见效。第一个人放下枪，摇着头，重重地坐到了地上。有那么几分钟，他尝试着坐起来，昏昏沉沉地点着头，直到最后倒在地上。很快，他们四个都睡着了。最后，营地里一片寂静。

早晨，这群人还躺在前一天晚上倒下的地方，直到下午才起来。他们还沉浸在甘蔗酒带来的可怕的宿醉中，痛苦地坐在树下，眼神黯淡，头发凌乱地垂在脸上。

那天下午，他们离开营地。我本来希望派对结束后，他们打定主意开始工作，以抵偿欠我们的马黛茶和木薯粉；但是自那以后，我们再也没见过他们。

第十章

第二次搜寻

两天后，卡伦塔一路小跑进入营地，用狂吠和舔舐表达对我们的思恋。迪亚布勒紧随其后，高傲地带领着其他的狗走进来，所有的狗都躺到一棵树下休息。大约过了十分钟，科梅利轻快地骑着马出现在路口的拐弯处，他把帽子戴在后脑勺上，身上的马裤被撕开一道大口子。他一看到我们就伤心地摇头。

　　"什么都没有，"他边说边跳下马，"我往东走了很远，一直走到灌木林的尽头，然而什么也没有找到。"

　　他狠狠地吐了一口唾沫，然后开始给马刷毛。

　　"那个婊子。"我借用了屠夫的西班牙语词汇，咬牙切齿地说道，表达着强烈的失望。

　　科梅利咧嘴笑了笑，半长的黑胡子里露出白色的牙齿。

　　"你可以自己去找找，"他说，"除非你运气特别好，否则也会徒劳无功。去年我在这片灌木林里发现许多大犰狳的洞穴。当时我也是闲来无事，想看看它们到底长啥样，就开始搜寻它们。有整整一个月，我每天晚上都带着我的狗出去寻找大犰狳，但是我们没有闻到一点难闻的气味。我说让它见鬼去吧，就放弃了。三天后的一个晚上，我几乎把这件烂事给忘了，一只年轻的大犰狳出现在我的马前，正在横穿小径。我赶忙跳下来抓住它的尾巴。很幸运，这对我来说一点也不难。它是我见过的第一只也是最后一只大犰狳。"

我虽然没有盲目乐观地认为科梅利会带回一只大犰狳，把这个活蹦乱跳的家伙绑在他的马镫旁，但是我还是怀着一丝希望，他或许能找到一个洞，一些足迹，一些粪便，任何能表明这种生物生活在灌木林中特定区域的证据。有了这些，我们可以组织一次细致而彻底的追查。如果没有这些，搜寻毫无意义。

　　科梅利拍了拍马的屁股，让它去吃草。

　　"别难过，朋友，"他说，"你可别告诉老犰狳啊，今晚它可能会自己走进营地。"他解开背包，拿出一只布袋。"看这里，这可能会让你开心一点。"

　　我松开袋子，小心地往里面看。在袋子底部，我看到一只带有红色皮毛的大球。

　　"它会咬人吗？"

　　科梅利笑着摇了摇头。

　　我把手伸进去，先拿出一只，然后又拿出两只，最后一共拿出四只毛茸茸的小家伙。它们长着明亮的眼睛、细长而灵活的鼻子和长长的尾巴，尾巴上面还有一圈圈黑色环状条纹。这是南浣熊宝宝。有那么一瞬间，没有找到大犰狳的失望情绪因为捧着这几个小家伙而烟消云散。它们天不怕地不怕，在我身上爬来爬去，不时地发出轻微的咆哮声，一会儿咬咬我的耳朵，一会儿把鼻子伸进我的口袋。它们实在太活跃了，以至于我根本不能长时间抓着它们。这几个小家伙一个接一个地跳到地上，追逐着自己的尾巴自娱自乐起来。

成年的南浣熊是一种非常可怕的生物，它们长着巨大的犬齿，似乎有一种势不可挡的欲望要去咬一切能动的东西，无论是大是小。它们经常成群结队地在灌木丛中游荡，恐吓体型较小的居民，狼吞虎咽地吃着蛴螬、蠕虫、树根、雏鸟，以及任何能吃的东西。科梅利的狗发现了一只母浣熊，它生了十个幼崽。它们追着把它逼到一棵树上，它的孩子们也跟着爬了上去，科梅利设法抓住这四只。它们年纪很小，还可以被驯服，很少有生物比一只温顺的南浣熊更有意思了。对此，我十分满意。

我们用藤蔓把小树苗编织在一起，搭建一个活动场，并往里面放一些树枝让它们攀爬。它们的第一餐是煮熟的木薯，这是我们唯一可以提供的。它们热情地扑上去，用小嘴大声地吃着。很快，它们就把自己的肚子塞得满满的，再也折腾不起来，只能蹒跚前行。它们在一个角落里安顿下来，挠着圆鼓鼓的肚子，然后一个接一个地睡着了。

但是，木薯并不是它们最满意的食物，它们需要肉，我们也是。我们已经好几天没有吃肉了。现在，无论如何都必须弄一些肉来。

二十个高声呐喊的牧场工人飞奔到帕索·罗亚，他们正在驱赶一头怒吼的犍牛。

"美食!"科梅利叫道,他抄起一把刀追了上去。

我一直以为,如果我被迫进入屠宰场,我会在一夜之间变成一个坚定的素食主义者。但当这头犍牛被拴在离我们营地不到50码的地方时,我感到非常饥饿,以至于我眼睁睁地看着它被屠杀,却没有感到丝毫的不安。

科梅利扛着半扇牛肋排凯旋,牛血顺着他的手和小臂一直流到肘部。几分钟之后,牛肉在火上嘶嘶作响,逐渐变成褐色。在那群牧牛人出现的三刻钟后,我们终于吃上这些天以来的第一口肉。此时,刀似乎是多余的。我们拿着巨大的弓形肋骨,直接用牙咬下上面的嫩肉。我真不明白,为什么艾尔西塔做的牛肉像皮革一样粗糙,而这肉会如此鲜美多汁呢?

"查科牛肉只有两种吃法,"桑迪趁着嘴里没有东西的时刻说道,"一种是放了很多天再吃,一种是像这样——牛被杀死之后,在牛肉僵硬之前立马吃掉。当然,后者是最好的方式。"

我不得不同意他的看法。我从来没有吃过这么好吃的牛肉。

这些牧场工人来自数英里之外的一个庄园,他们正在查科平原搜寻从牛群中走失的牛。每隔几天,他们就会杀一头犍牛作为食物,我们很幸运,刚好赶上他们宰牛的时间。

即使是牧牛人这样的大胃王也不能吃掉一整头牛,所以见者有份。屠夫带走一条滴血的牛腿，小店老板和开瓶者则拿了一块牛腩。科梅利的狗狼吞虎咽地吃着内脏，那几只小南浣熊则为肋骨上的碎屑争吵不休。树上聚集了一群黑头美洲鹫，它们耐心地等待着时机，随时准备降落到尸体上，寻求属于它们的那一份。

不久，我们的营地和商店之间燃起一堆堆噼啪作响的篝火，牧场工人三三两两地围坐在旁边，整片灌木林都弥漫着烤牛肉的浓郁香味。

科梅利不仅设法弄到一块牛肋排，还带回一大块牛肩肉。我们没有立马吃它，而是决定把它切成长条，挂在绳子上晒干，做成所谓的 *charqui*，也就是牛肉干。晒好的牛肉干虽然不如鲜肉好吃，但是可以储存很长时间。我们刚刚把牛肉切好晒上，回到火堆旁，就有一群灰胸鹦哥飞到肉条上，吵吵嚷嚷地大快朵颐。当然，鹦鹉一般以水果和种子为生，但查科的灰胸鹦哥生活在这样一个贫瘠的区域，显然已经学会吃所有能吃的东西。它们不是唯一改变饮食结构的鸟类，很快，英俊的冠蜡嘴鹀、黑巾舞雀（这是一种黑颊橙喙的大型雀类）和嘲鸫也加入吃肉的大军，嘲鸫在啄食生肉时不停地上下摆动着长尾，以此在绳子上保持平衡。

科梅利计划继续向西寻找大犰狳的踪迹，我和查尔斯非常想和他一起去。然而，我们不能都离开，抛下牛车、设备

灰胸鹦哥啄食肉干

和那几只南浣熊，我和科梅利也不能把两匹马都骑走，一匹都不留给查尔斯和桑迪。随后，我们发现开瓶者有一匹备用的马。他说他不想借，却一直暗示或许可以把它卖给我们。潘乔这匹有问题的马，似乎就是为我们的探险而生的。尽管我不擅长通过细微之处观察马的状态，也不擅长通过牙齿来判断它的年龄，但就连我这样一个缺乏经验的人，都能看出潘乔已经老态龙钟。它双颊深陷，背塌陷下去，耳朵悲伤地低垂着，脑袋无精打采地耷拉着。我突然想到，开瓶者之所以不想把它借给我们，是因为他担心这个可怜的家伙在途中被累死；如果按照牧场工人那种残暴和狂野的骑法，它或许还真有这样的危险。然而我并没有这样的打算。我所需要的只是一匹可以驮着我慢慢向前走的马，潘乔似乎可以做到这一点。一匹年轻活泼的马肯定会令人尴尬的。即便如此，我也不确定是否要买下潘乔。

"多少钱？"我问。

"五百瓜拉尼。"开瓶者肯定地回答。

这大约相当于三十先令。我觉得，潘乔值这个价，所以买下了它。

第二天，我和科梅利带着一袋木薯粉和一些牛肉干踏上征程。我们沿着一条狭窄的小路穿越灌木林，它的高度比艾尔西塔农场周边的灌木丛要矮一些，也没有那么多的刺。狗静静地排成一队，走在我们前面，它们偶尔会回到科梅利的身边，然后又在两边的灌木丛里进行一番探险。

傍晚时分，科梅利突然勒住缰绳跳下马，原来他在路边发现一个大洞。不用他说那是什么，从他得意扬扬的表情和洞的情况来看，我立马意识到我们终于找到一只大犰狳的洞穴了。洞口约有 2 英尺宽，建在一个结实的大土堆侧面，旁边是一群切叶蚁的巢穴。巨大的土块散落在它的前面，一些土块上还有大犰狳的巨大前爪留下的深槽。我趴在地上往洞里看。洞口飞着一群嗡嗡作响的蚊子，我看不到洞深处的情形，便从灌木丛里砍下一根树枝插进去。隧道不长，不超过5英尺。它不是大犰狳的永久居所，而仅仅是它在蚁巢边挖的一个坑，以便它捕食蚂蚁。与此同时，科梅利正沿着大犰狳离开洞时留下的痕迹追寻着。他穿过灌木丛，绕着蚁巢走到另一边，在那里我们发现了一个类似的洞，那也是它在寻找食物时挖的。它的大小和被扔出的土块的大小，就是这只大犰狳巨大体型和强大力量的真实写照。我们兴奋地沿着小路穿过多刺的低矮灌木。在20码外的地方，我们发现第三个洞。经过半个小时的搜寻，我们一共发现了十五个洞。科梅利的狗证实它们都是空的。这些洞都是大犰狳为方便取食而临时挖掘的。

我们坐下来分析情况。

"这些痕迹留下的时间不会超过四天，"科梅利说，"否则我们抵达帕索·罗亚那天的大雨会冲走它们。然而这些痕迹并不新鲜，也没有气味，而且很模糊。我想大概有四天。大犰狳现在可能就在几英里之外。"

尽管这让我的希望再次破灭，但我还是很高兴，因为我终于见到了这种野兽存在的确凿证据，在此之前，我都开始怀疑它只是一个神话了。我们费尽心思地在灌木丛中搜寻线索，希望能找到那只大犰狳离开的方向。我们什么也没找到，而且痕迹留得太久，狗根本找不到任何可以追踪的气味。现在唯一能做的就是沿着小路继续往西前进，寄希望于在某个地方找到这种动物留下的更新鲜的踪迹。

日落时分，我们决定稍事休息。科梅利生了一小堆火，我们用牛肉干做了一顿晚餐。

"我们睡一会儿吧，"科梅利说，"等到月亮升起来，我们再出发。"

我把披风铺在火堆旁，闭上眼睛昏昏沉沉地睡去，梦见了大犰狳在潘乔脚下行走。

科梅利叫醒我时，月亮已经高高地升起，又白又圆，明亮的月光照亮整片灌木林，毫不夸张地说，这光线甚至可以用来读书。我们给马套上马鞍，悄悄地穿过灌木丛，继续行进。除了马具的叮当声，以及树枝拂过我们的腿和马儿的侧面发出的声音外，周围几乎没有其他声音。从远处的灌木林中传来一只雕鸮低沉的叫声，蟋蟀在我们脚下的土地上疯狂地鸣叫着，直到潘乔的蹄子踏过时才安静一会儿。

临近午夜，我们突然听到迪亚布勒的狂吠声。它一定是发现了什么东西，就连潘乔似乎也感到兴奋，因为当我催促它走向迪亚布勒咆哮的地方时，它突然小跑起来，勇敢地跳进多刺的灌木丛中。我和科梅利几乎同时找到那条狗。我们一起跳下来，勉强地进入它所在的灌木丛。它蹲坐着，对着一只动物咆哮。科梅利把它叫走。我们看到一只犰狳躺在地上。那是一只九带犰狳。

那一夜，狗群又找到了另外两只九带犰狳。我们在凌晨三点宿营，一直睡到黎明。

我们又搜寻了三天三夜。白天这里异常炎热，我们从帕索·罗亚带来的煮沸的泥水早就被消耗一空，然而这里没有能让我们补充水分的水坑和溪流。当我饥渴难耐时，科梅利告诉我，即使在这样干旱的地区，也有办法解渴。灌木丛中生长着大量矮小而粗壮的仙人掌，削掉上面的刺，就会流出清爽的汁液。它尝起来像黄瓜，但我不太喜欢，因为它有一种令人不快的回味，让我的牙齿发酸。不过，还有一种植物为我们提供了更多、更纯的饮料。然而它很难找，因为只有一个小树枝状的茎和稀疏而不起眼的叶子露在地面上；但是在地下 2 英尺的地方，它的根肿得像芜菁那么大。这个膨胀的根，肉是白色和半透明的，里面充满汁液，我们只要把它放在手里挤碎，就能获得一大杯甘甜的饮料。

尽管灌木丛非常贫瘠，但是科梅利总有办法找到食物来补充我们的木薯粉和牛肉干。他从低矮的长刺棕上切下白色的嫩枝。他说，美洲印第安妇女在哺乳时特别喜欢这些嫩枝，因为它们营养丰富。它们是白色的，质地像坚果，尝起来有点菊苣的味道。他告诉我哪些浆果可以吃，哪些是有毒的。

有一次，我们发现一棵倒下的树上有一个蜂巢。当科梅利准备把它劈开的时候，我建议先生一堆烟雾缭绕的火，赶走大部分野蜂，尽量减少我们被蜇的风险。他觉得这个主意非常好笑。他说，查科有一种蜂确实会狠狠地蜇人，可这些不是，虽然它们在我们头顶嗡嗡叫，但是在我们砍树的时候，它们并没有试图骚扰我们。我们把装满蜂蜜的蜂房拔出来，把蜂蜡、蜂花粉、蜂蛹和所有能吃的东西都吃了，包括滴在我们下巴上的蜂蜜。

尽管一整天都在骑马搜寻，但我们几乎没想过能在白天发现大犰狳，因为科梅利坚持认为，它很少从洞里出来，除非是在晚上，不过我们非常想找到这种动物确实存在的迹象。后来，我们又发现几个洞穴，它们的新鲜程度和我们第一次发现的那个洞差不多，里面都没有大犰狳。到了晚上，我们依靠狗的嗅觉，探测任何在户外的动物。它们又发现一只多毛犰狳、几只三带犰狳；一天晚上，它们还捕到一只狐狸，饱餐了一顿。然而，不论是它们还是我们，都没有发现大犰狳的新鲜踪迹。

我们沿着小路一直走到广阔的平原。科梅利非常肯定，大犰狳几乎很少会冒险走出灌木丛这个庇护所，所以我们没有必要再往前走。我们只得遗憾地返回帕索·罗亚。

查尔斯和桑迪出来迎接我们。我们围坐在火堆旁，讲述这几天在灌木林里的所见所闻，这时屠夫走进营地。他手里拿着一只胖乎乎、毛茸茸的猫头鹰雏鸟，它长着大大的黄色眼睛、长长的睫毛，还有一双大爪子。屠夫羞愧地咧嘴一笑，与这么幼稚的小动物在一起，好像让他感到很不好意思。对一只小鸟这么仁慈和体贴，真不是他的风格，但他也不敢贸然对待这个小家伙，因为他显然是想把它卖给我们。

他把小猫头鹰放到地上，走到火堆旁坐下来。小鸟站直了身子，吧唧着小嘴，小声地叫唤着。我假装没有看到它。

"晚上好。"屠夫彬彬有礼地说道。

我们同样有礼貌地作答。

他猛地望向小猫头鹰。

"非常棒，"他说，"很罕见。"

我怀疑地笑了。"这是一只 ñacurutu——一只雕鸮。它们很常见。"

屠夫看上去被冒犯了。

"非常有价值的鸟，比大犰狳还罕见。我本打算喂养它。"

他等着我表达失望之情，而我却望向火堆。

"如果你们愿意的话，我就把它卖给你们。"

"你想拿它换什么？"

屠夫对这个时刻期盼已久，但当它真正到来的时候，他又似乎羞于用我知道的答案来表达他心中真实的想法。他拿起棍子戳了戳火。

"你的刀。"他咕哝了一声。

我们即将永远离开查科，我可以很容易地在亚松森买到一把刀。我把刀递给屠夫，抱起小猫头鹰，给它喂了点食物。

小猫头鹰是我们在帕索·罗亚的最后一次收购。第二天早上，我们就得离开，因为五天之后，一架飞机将要飞到艾尔西塔，把我们接回亚松森。

第十一章

动物大转移

最近这两周天气异常闷热，而且一直不下雨，但是当我们骑马返回艾尔西塔农场后，天色忽然剧变，从破晓时就开始聚集的云层，最终转化成一场巨大的暴风雨。数小时之后，房子旁边的机场跑道被雨水淹没。当晚，福斯蒂诺通过无线电与亚松森机场通话，取消原定于明天来接我们的航班。

差不多一个星期后，他才再次打电话给亚松森，向他们报告飞机跑道已经完全干涸，飞机可以安全降落。

不管过程怎样曲折，飞机最终还是飞来了。我们小心谨慎地把犰狳、凯门鳄、南浣熊、小猫头鹰及其他所有动物都塞进去。当我们在跑道上做最后的告别时，斯皮卡带着三只小鹦鹉赶来。他和我们完成最后一笔交易，这让他极为满意。福斯蒂诺请我们把一大块生牛肉带给他在亚松森的亲戚。"那些可怜的人，"他说，"他们永远吃不到查科这么好的牛肉。"艾尔西塔嘴里叼着一支雪茄，抱着孩子为我们送行。科梅利热情地握着我的手，和我说再见。"我会继续寻找大犰狳的，"他说，"如果我在你们离开巴拉圭之前找到它，我会骑马去亚松森，亲自带着它去见你。"

飞机发出轰鸣声，我们关上了舱门。两个小时后，我们抵达亚松森。

我们欣喜地发现，那些在库鲁瓜提和伊塔卡博收集到的动物，在阿波洛尼奥的悉心照料下茁壮成长。它们当中的许多动物已经长到我们完全认不出了，阿波洛尼奥还捉了几只负鼠和蟾蜍，跟其他动物饲养在一起。

从现在起，就进入了这次探险中最繁忙、最令人担忧的阶段。所有的动物必须转移至轻便而结实的笼子里。它们必须接受海关的检查和清点。农业部官员要确保这些动物身体健康，没有得传染病。除此以外，我们还必须与航空公司制订出详细安排，好让动物和我们乘坐货机飞往布宜诺斯艾利斯，再从那里飞往纽约，最后飞抵伦敦；然后我们要从每一个我们即将临时停靠的口岸的官方文件中，找出关于动物过境的条例，仔细研究，确保我们办理了所有必要的手续和健康证明。

与此同时，我们还要给动物喂食和洗澡。虽然阿波洛尼奥做了大部分的工作，然而这本身就是一项全日制的工作。截至目前，照顾幼崽是最麻烦的。猫头鹰雏鸟不能被喂以普通的肉，因为所有猫头鹰吃的食物都带有皮毛、软骨、筋和羽毛，它们会将这些东西变成食丸反刍出来。如果食物中没有这些成分，它们的消化会出问题。因此，阿波洛尼奥和他的园丁兄弟每天需要花费大量的时间捕捉老鼠及蜥蜴，而我们不得不把它们切碎，徒手饲喂这只雏鸟。此外，我们还喂了几只不能自己进食的巨嘴鸟雏鸟，每只雏鸟每天需要进食三次，我们得把浆果和小块的肉从它们奇怪的大嘴塞进喉咙深处。

当我们刚抵达巴拉圭时，我已经知道，想要把大批动物从亚松森空运到伦敦，唯一可行的线路需要取道美国。这是一段漫长的路程，我们可能会因为沟通而耽误行程，而且现在是 12 月，纽约正值隆冬，我们显然还要给收集到的动物找暖房。这不是一条理想的路线，但我们相信它是唯一的一条。

后来，桑迪说他认识一家欧洲航空公司在当地的代表，那个人说可以很容易地安排我们从布宜诺斯艾利斯直飞欧洲，如此一来可以节约很多时间。的确，这条线路比我设计的那条更加令人满意，于是我们急忙赶到航空公司了解详情。桑迪的朋友说的确有这样的可能。虽然目前还没有货机从布宜诺斯艾利斯横跨大西洋，但是在每年的这个时候，他们公司的许多客机从南美洲返航时，有四分之三的座位是空的，他保证他能得到特许，让其中一架载着我们和动物们直飞伦敦。现在，他只需要一份动物清单，我们欣然同意，誊抄了一份交给海关的目录，详细地列出每一种动物的性别、大小和精细到年月的年龄。

他用奇怪的语调大声读了一遍。当他读到犰狳的时候，他皱了一下眉头，伸手拿了一本厚重的手册。仔细研究一番后，他抬起头看着我们。

"请问这是什么动物？"

"犰狳。它们是一种很可爱的小动物，有坚硬的保护壳。"

"哦，乌龟啊。"

"不，犰狳。"

"或许是一种龙虾?"

"不，它们不是龙虾，"我耐心地说，"它们是犰狳。"

"它们的西班牙语名字是什么?"

"Armadillo。"

"瓜拉尼语呢?"

"Tatu。"

"英语呢?"

"很奇怪，"我诙谐地说，"armadillo。"

"先生们，"他说，"你们一定弄错了。它们一定还有别的名字，因为这里没有提到犰狳，所有的动物都列在这里了。"

"对不起，"我回答，"但这就是它们的名字，它们没有其他名字。"

他砰的一声把书合上。

"没关系，"他不假思索地说道，"我可以叫它们别的名字。我相信一切会很顺利的。"

鉴于他的保证，我们取消了那趟精心安排的途经纽约的行程。

在我们离开亚松森的前两天，航空公司的人忧心忡忡地来到我们的住处。

"我很抱歉地通知你们，"他说，"我司不能接受你们的货物。布宜诺斯艾利斯的总部说，手册中没有提到的那种动物气味太难闻。"

"胡说，"我气愤地说，"我们的犰狳一点味道都没有。你把它们登记成哪种动物了？"

"我只是给它们起了个名字，我敢肯定，以前没有人听说过这个名字。由于记不起你们说的名字，我在我儿子的动物书上随便找了一个。"

"你把它们登记成哪种动物了？"我重复了一遍。

"臭鼬。"他回答。

"拜托，"我试图控制住自己的愤怒，"你能给布宜诺斯艾利斯打个电话，解释一下犰狳不是臭鼬吗？它们没有气味，你自己来看吧。"

"现在不行，"他懊悔地说，"这架飞机已经被另一批货物预订了。"

那天下午，我们不得不回到原来的航空公司，满怀歉意地询问能否重新安排一周前我们取消的那趟途经纽约的行程。

━━━ ━━━

我们待在亚松森的时间越长，遇到的麻烦就越多，如今整个巴拉圭似乎都知道了我们的存在。全国各地的人或骑着自行车，或开着咯吱作响的卡车，或步行，带着各种各样的动物来找我们，它们有的被装在箱子和编织袋中，有的就直接装在葫芦里。在最后一轮收购中，一个男人送来的动物是最罕见，也是最让我激动的。我和桑迪在康塞普西翁寻找大犰狳时，曾经在旅馆里见过他。他推着一辆手推车，只见车上围着一圈用木板和细绳制成的松散栅栏，里面站着一只奇怪的大狼。它看上去非常威武，长着浅红色的长毛、毛茸茸的三角形大耳朵，脖颈的花纹像一条白色围兜。它的腿不可思议地细，与它身体的其他部分完全不成比例。它看起来就如同一只特别好看的阿拉斯加犬在哈哈镜中的形象突然变成现实。这是罕见的鬃狼，只生活在查科和阿根廷北部。它的大长腿使它跑得特别快，有人说鬃狼的奔跑速度甚至超过猎豹，它是所有陆地动物中跑得最快的。它为什么需要这样的速度，至今还是一个谜。这里没有什么动物能迫使它逃跑——美洲豹并不生活在狼常去的开阔平原上——对于捕捉犰狳和小型啮齿动物来说，也不需要这样迅猛的速度；也没有记录表明它袭击过鹈鹕，这是它能遇到的动物中唯一在速度上可以与之匹敌的。不过，也有一些人认为它的高度使其能够在平坦的平原上看到更远的地方，这一点毋庸置疑，但是不足以解释它们为什么会进化出这种非凡的体格。

购买到它，让我非常高兴，我们刚刚收到伦敦动物园的电报，他们才从德国的一家动物园引进一只公鬃狼，问我们能否给它找个配偶。我们得到的这只鬃狼恰好是雌性。

然而，如何解决它的住宿问题，却让我们左右为难。它现在的笼子不仅不结实，还特别小，这个可怜的家伙在里面根本无法转身。尽管它的主人一再宣称它是刚被捕获的，但当我和阿波洛尼奥往它的脖子上套皮圈时，它看起来非常温顺，一点都没有抗拒。我们小心翼翼地把它领出笼子，拴在一棵树上。我给它一些生肉，它毫无兴趣。阿波洛尼奥坚持让我们喂它一些香蕉。这似乎不是狼的食物，出人意料的是，这家伙狼吞虎咽地吃了四根香蕉。过了一会儿，它开始不停地用力拽脖子上的项圈。我怕它会伤到自己的脖子，于是我们把鸡关进鸡舍，把鬃狼放在鸡圈里。我们用锯子和锤子把一只大木箱改造成笼子。到了傍晚，在改造完成之后，我们把笼子放在鸡圈旁，哄骗鬃狼进去，但是它突然发飙，朝着我们怒吼，那阵势非常可怕。我们改变了策略。阿波洛尼奥在笼子深处放了一些香蕉，然后坐在旁边的一个战略位置上，随时准备在它冒险进入后就把它身后的门放下。与此同时，我开始为南浣熊一家准备适于旅行的笼子。

夜幕降临，鬃狼仍没有进入箱子的迹象。我走过去和阿波洛尼奥商量，就在这时，鬃狼突然逃跑，它一跃而起，向上攀爬，摆脱了鸡圈，然后消失在黑暗中。

　　为了防止流浪狗进入，花园四周设有防护篱笆，所以我有理由相信这家伙不会逃到城里去，然而这套宅子的占地面积非常大，园中密布着丛生的竹子、开花的树木和装饰性的仙人掌丛。此时天已经黑透。查尔斯、阿波洛尼奥和我拿着火把，在花园里搜查了一个小时，根本找不到鬃狼的踪迹，它好像凭空消失了。我们分开行动，对花园进行地毯式搜索。

　　"先生，先生，"阿波洛尼奥在花园的另一头喊道，"它在这里。"

　　我跑过去，发现阿波洛尼奥正用火把照着那只狼，只见它坐在一块被低矮的仙人掌环绕的空地上，正在咆哮。尽管找到了它，但是我却陷入了迷茫：下一步该如何做呢？我们既没有绳子，也没有网和笼舍。正当我还在想该怎么办的时候，阿波洛尼奥跳过仙人掌，一把抓住它的脖子。他如此勇敢地做出表率，我几乎不能退缩，于是我也跟着跳过仙人掌，扑向扭打在一起的人和狼，利索地抓住了阿波洛尼奥的腰。当我从他身上挣脱开来的时候，鬃狼已经用嘴咬住了他的手，于是我得以跨坐在那家伙的身上，稳稳地抓住它的头，而不会有被咬的危险。鬃狼感觉到自己被人从后面抱住，松开了阿波洛尼奥的手。令我欣慰的是，他并没有被咬得很重。当这一切发生的时候，查尔斯非常明智地跑回去拿笼子。狼在我们怀里疯狂地挣扎，经过一阵似乎没完没了的耽搁，查尔斯终于带着笼子赶到，我们把它捆在里面。

一切准备就绪，我们该和巴拉圭说再见了。许多朋友赶到机场为我们送行，我们最后一次从亚松森的机场起飞，内心五味杂陈，既觉得不舍，又觉得如释重负。

我们需要在布宜诺斯艾利斯等上两天，所以设法把动物集中在海关查验棚里，避免复杂的检疫和入境手续。当我们到那里的时候，我听说一个朋友和他的妻子也在这个城市，刚刚开始他们的收集动物之旅。我找到他的电话号码，给他打了个电话。接电话的人是他妻子，我们告诉她收集到了哪些动物，她也分享了他们的计划。

"哦，对了，"她淡淡地说道，"我们有一只大犰狳。"

"太好了，"我说着，尽量不让人感觉到我在嫉妒，"我们能看看吗？我们在巴拉圭搜寻了很久。我想看看它们到底长什么样。"

"可以，"她说，"我们也还没有得到。但是我们听说，在阿根廷北部，距离这里500英里的地方，有一个家伙捉到了一只，我们打算去那里收集。"

我想把我们在康塞普西翁的经历告诉她，但转念一想，似乎不大合适。几个月后，我发现他们和我们一样不幸。

我们的航班推迟了几个小时起飞，结果我们错过了从波多黎各起飞的航班。然而幸运的是，碰巧有一架即将返回纽约的豪华客机空无一人，经过协商，航空公司友善地允许我们和动物们乘坐这架客机。如今，动物的口粮非常吃紧，好在飞机的乘务员有大量无人认领的包装食品。尽管我没有贸然让动物们尝试鱼子酱，但是犰狳和南浣熊非常喜欢熏鲑鱼，而鹦鹉们则对加利福尼亚新鲜的桃子爱不释"口"。

　　我们抵达纽约时，我惊讶地发现地面积满了雪。如果着陆后的几分钟内，我们没法给这些动物找到一间暖房，它们就会被冻死。然而，我忘记了美国人对集中供暖的热情。动物们被带到一个普通的仓库里，我觉得这儿的温度比亚松森的平均气温还要高。

　　第二天晚上，我们抵达伦敦。动物园的工作人员开着温暖的厢式货车来迎接我们，所有的动物都被送往摄政公园。当它们消失在夜色中时，一股忧虑从我的脑海中消失，取而代之的是一种解脱感。从亚松森到伦敦的六天时间里，没有一只动物显出生病或不舒服的迹象，更没有一只动物死亡。

　　接下来的几周时间里，我多次到伦敦动物园看望它们。

那只雕鸮已经羽翼丰满，长得很大了。动物园养了一只雄雕鸮，这些年它一直没有一个伴。一般来说，雌性猫头鹰比雄性大，虽然我们的那只雕鸮还小，但是当它们被关在同一个笼子里时，它看上去已经和它的同伴一样大，而且能够很好地照顾自己。

当我们把鬃狼介绍给已经在动物园安顿下来的雄性鬃狼时，我特别想知道会发生什么。动物园最重要的功能之一是建立珍稀动物的繁殖对，这样一来，如果该物种在野生状态下面临灭绝的危险，它就可以在动物园被保护起来。等到以后时机成熟，动物园繁殖的动物可以被放归野外，在它们的故乡重新建立种群。尽管这听起来有些雄心勃勃，但是伦敦动物园在这方面已经做出突出贡献。罕见的麋鹿曾经生活在中国，但是很多年以前就已经在那儿灭绝，如今被保护在伦敦动物园的围场及贝德福特公爵的私宅乌邦寺里。最近伦敦动物园的麋鹿被送回中国定居，要知道它们在中国已经灭绝了半个多世纪。

未来，鬃狼也可能面临灭绝的危险。如今，它们已经非常罕见，农场主逐年侵占查科平原，掌控着那些土地，它们的栖息地越来越少。对我们来说，母狼和公狼互相接纳非常重要。尽管如此，将它们放在一起还是需要承担相当大的风险，因为它们很可能在被分开之前相互厮杀。德斯蒙德·莫里斯时任伦敦动物园哺乳动物主管，他和我一起看着饲养员打开大门，让公狼和母狼进入同一个笼舍。公狼轻快地小跑过去，然而它一看到母狼就猛地往后一跳，全身鬃毛竖立，僵硬而笔挺地站着，咧开嘴唇，发出低沉的咆哮。母狼也有类似的反应。突然，公狼猛地向母狼咬去，但还没等它碰到母狼，母狼就朝它扑过来，它们扭打在一起，几秒钟后又分开了。那只公狼低着头，慢慢地向母狼走去。母狼站在原地，接受它的吸嗅。然后母狼走开，漫不经心地坐在角落里。公狼一直跟着它，很快，它们两个就并肩躺在地上，公狼从喉咙深处发出轻柔的低吟声，用前腿抚摸母狼伸出的前肢。毫无疑问，它们已经互相接受。也许，在未来的几年里，伦敦会有一个奇妙的生物家族。

德斯蒙德·莫里斯对我们的犰狳赞不绝口。我们一共带回四种计十四只犰狳，然而，我却非常难过，因为我们没能带一只大犰狳回来。我向德斯蒙德描述我们看到的巨大的洞，以及我们为寻找它们而进行的漫长而艰辛的探索。德斯蒙德被我的描述迷住了，他和我一样认为，如果能见到这种神奇的生物，那将是一件多么令人兴奋的事啊！他友善地减轻了我们因失败而产生的懊悔。"毕竟，"他说，"你们给我们带回来的狨猴，无论是从数量还是从种类上来说，都超过了以往任何时候，更何况这种三带狨猴是从未在这里展示过的亚种。"

一周以后，他给我打了一个电话。

"好消息，"他兴奋地说，"我刚收到一位巴西商人的来信，他说他有一只大狨猴。"

"太棒了！"我回应道，"你能确定它真是一只大狨猴吗？他不是只想知道你愿意为它付多少钱吧，就像我在康塞普西翁遇到的朋友那样？"

"哦，是的。他是一个非常有名的商人，他知道自己在说什么。"

"太好了，我真的希望你能得到它。"我说。

一周后，他又给我打了电话。

"那只狨猴刚从巴西来，"他说，"但恐怕你会相当失望。它只是一只巨大的多毛狨猴，就像你带回来的黄爪子。你可以聘请我担任你们的'找不到大狨猴俱乐部'的副理事长。"

三个月后，他又给我打了一次电话。

"我想你可能有兴趣知道，"他故作平淡地说道，"我们终于有一只大狨猴了。"

"哈，哈！"我说，"我以前听过这个故事。"

"不，它真的在园里。我刚才一直在看着它。"

大犰狳在伦敦动物园见到了比它体型小的近亲，这种动物此前一直在巧妙地回避我们

"天哪，你到底是从哪儿把它弄来的？"

"伯明翰！"德斯蒙德说。

我立刻赶往伦敦动物园。这只大犰狳是被商人从圭亚那送到伯明翰的，它是第一只活着来到英国的大犰狳。我仔细地观察它，被它深深地吸引，它用那黑色的小眼睛回望了我一眼。这是一只体长超过4英尺，长着巨大前爪的大犰狳；它不像我们抓到的任何犰狳，似乎更喜欢用后腿走路，前腿只是轻轻地接触地面。它的盔甲板不仅厚实，而且纹路清晰，然而却非常柔韧，所以它看上去好像穿着一件锁子甲。它拖着粗壮而卷曲的尾巴，从容地在巢穴里踱来踱去，就像一只史前怪兽。它是我这一生中见过的最奇怪、最神奇的野兽之一。

看着它时，我想起康塞普西翁森林里的德国人，想起在帕索·罗亚发现的巨大的洞和足迹，想起在查科，我和科梅利在月光照耀下的多刺灌木林中搜寻的夜晚。

"很漂亮，不是吗？"饲养员说。

"是的，"我说，"它很漂亮。"